郭子鹰 著

最好的时光在路上

北京联合出版公司
Beijing United Publishing Co.,Ltd.

图书在版编目（CIP）数据

最好的时光在路上 / 郭子鹰著. --北京：北京联合出版公司, 2018.8（2024.6重印）

ISBN 978-7-5596-2273-0

Ⅰ. ①最… Ⅱ. ①郭… Ⅲ. ①随笔－作品集－中国－当代 Ⅳ. ①I267.1

中国版本图书馆CIP数据核字(2018)第123807号

最好的时光在路上

作　　者：郭子鹰
摄　　影：郭子鹰
策　　划：北京地理全景知识产权管理有限责任公司
策划编辑：董佳佳
责任编辑：牛炜征
特约编辑：董佳佳　樊广灏
装帧设计：何　睦
制　　版：北京美光设计制版有限公司

北京联合出版公司出版
（北京市西城区德外大街83号楼9层　100088）
北京联合天畅发行公司发行
北京华联印刷有限公司印刷　新华书店经销
字数：100千字　720毫米×960毫米　1/16　印张：14
2018年8月第1版　2024年6月第5次印刷
ISBN 978-7-5596-2273-0
定价：49.80元

目录

序

境地

浮 生

絮 语

跋

序

旅行的意义

“好想去旅行！”

朋友们经常对我这个“旅痴”这样说，他们知道，旅行对我有着非同一般的意义。对他们来说，旅行的意义也像是浩瀚大海中浮游者微茫的希望之光。“搞定这个项目，熬过这一段，挣到钱，就可以去旅行了！”所以说，旅行是那个在他们筋疲力尽、乏味失落的不如意之时，激励他们打起精神来生活下去的执着之念，这也未尝不可吧？

可是，旅行的意义究竟何在？

远游万里后，终归故乡，神秘事件便告开始。

你多少会回忆路上的所见所闻：见到了哪些教堂的尖顶；在哪几个被导游书千百遍赞颂过，叮嘱你万万不可错过的地方拍照留影；伴着红酒和投契的几个老友讲完你的旅行趣闻之后，可有那么一个片刻感觉虚弱？可有几缕寂寞的旅情不知如何与人述说？可有瞬间的动摇，感觉自己的孤独有多真切？可有刹那的感动，连自己也不免怀疑是否当真发生过？可有些许感慨，重回熟悉的城市里便羞于对人谈起？

也许在路上的那个时候，你遇到了更真的自己；也许在那个时候，你错过了一个机会对自己说：“不如这样吧，我的人生，其实还不错；不如这样吧，就此放开不如意，想想还有哪条天边路我尚未走过。”

《看得见风景的房间》是我颇为喜欢的一部小说，也是我看过多遍的一部电影。很多人在里面看到爱情，很少人觉得主题是旅行。电影开头，有个成功的中年女作家，用不容置疑的口吻品评意大利一座小城的风骨、建筑的格调、教堂花窗的品位、乡野田园的风韵，辞藻那么优美且华丽。我却只记得在一旁静听的一对老妇人，其中一个问另一个：“我们是不是在那里见到了矢车菊？”

别人笔下阴影浓厚的喀布尔，她只记得那里蓝天很美。这选择，难道不勇敢？

《天使爱美丽》里也有一句我断难忘怀的台词。乡间少女爱美丽捧着本厚书，身边午后光晕相伴，闪亮的微笑洋溢在脸上。她面对表情模糊的巴黎铁路检票员，一字一顿地说：“如果没有你，良辰美景堪与谁说？”

旅行的美好，丰盈如桃林风卷过花瓣雨，无可尽数。最玄妙的莫过于每个人都可以拥有自己的罗马与巴黎，每个人都可以难忘他路过的铁道与航迹，属于自己的那些刹那任谁也夺它不走，任时光的利刃不能消磨那刹那间的芳华。

旅行的美好，宽稳如镜面似的高山湖，只有你自己记得哪些刹那让你感到莫名的幸福，秘不可说、不立文字的感觉才真切，如初落便化作无形的苍山暮雪。

万里觅知音，却与自己——因被冷落与忘怀而悲从中来的，终生相伴又不得谋面的自己，擦肩而过。

像旅行一样自由，绝不只是说远游时漂泊不定的航线。旅行使人自由，只不过因为旅行时候的你可以拥有自己的世界。一程回来便拥有权利说，我去过，我记得，我看到的那里是这样的……此刻你有理由相信也有理由不信，只因你去了，亲自经历，亲自受挫，亲身流汗，亲手扛起沉重的行李，目睹那里孩子们的微笑和老人纵横的皱纹。

《在恒河游泳》里面有个傻傻的日本姑娘，面试的时候人家问她：“你有什么特别的经历？”她突然撒了个谎，连自己也匪夷所思：“我在恒河游过泳，是蝶泳！”于是，她就真的去了印度，终于在大肠菌群超越致病水平30倍左右的恒河水里游了蝶泳。

我知道那只不过是个故事，可是她那敢说敢做、说到做到的眼神，傻得那么可爱。走出街口，你就会见到马蜂回窝一般密密麻麻的人群，他们当中，有多少是“说就天下无敌，做就有心无力”？扯了谎话之后，这样兑现弥补的人我真想见见，哪怕就一次。

地球离了谁都照样旋转？但是只有你看见的世界，才是对你有意义的存在。你之所以看到，是因为你想看到，你之所以难忘，是因为你想要记住。

不是吗？看看你和爱人一起出游的时候两个人拍下的同一座城市有多么的不同就知道了。

菲律宾有座曼妙的世外小岛，别人都在看海的时候，我看见一个陪着洋人的妓女，把自己盘子里的整个面包给了栏杆外的小孩子。她笑得不美，但是很轻松。

缅甸有数不清的佛塔，金光闪耀，别人都在佛塔反射的金光里流着汗，我却躲在阴影里静静地听着当地小伙子弹吉他。我错过了，没有看到塔群上云雾缭绕的招牌景色，但是我听到他们自豪地说那歌是自己的原创，后来又把那段视频放到互联网上，梦想有人发现自己的才华。我知道那不可能，所以才叫“梦想”。对于以太网，他们可能不过是被隔离在遥远

放学路上的单车和歌声。柬埔寨暹粒 2007年

出海的渔人。菲律宾 2009年

"如果没有你，良辰美景堪与谁说？"丹麦哥本哈根 2006年

服务器里的一段神秘代码，但是对于我，他们就是整个缅甸的化身。

意大利的艺术殿堂，壁画和雕像多得让我崩溃，比西藏的转山路更看不到尽头。我干脆放弃，很失败地去爬了一座活火山，看着它像国庆日焰火一样喷发，然后，活着回来，幸福地活着。

柬埔寨有很多人只有一条腿，或者根本没有了双腿。他们踩上了地雷，而我买了他们灌的唱片后一遍也没听过，倒是经常听到那个匆匆走过的柬埔寨小姑娘一边把肩膀上装满待售丝巾的大背包往上拎了拎，一边竖起拇指笑着说："Chinese！Chinese！"

津巴布韦有热热闹闹的一家人，二十来口，生活在作秀给游人看的村子里，扮相专业。每个远游客路过这里都会和他们拍照，我也拍了，还抓来他们家的大公鸡和小瘦狗，用签字笔在记事本的白纸上写"We Are the World！"。我不是向MJ致敬，那里更不是当年的埃塞俄比亚，但是非洲还是那个非洲，世界也还是那个世界。We are still the same old world。全球化是富人的勃艮第，更是黑孩子的玉米糊。

在那些遥远的地方，看过了我想看的，想通了想不通的，做过了我想要做的，打包行李，回家，继续郁闷也就此甘心了。

广阔天地，无所作为，只把青春虚耗在走不完的路上。

作为一个观光客，我到过这个世界的无数个角落，我拍下了无数个瞬间。从白沙瓦的集市，到赫尔辛基的渔人码头，从斯特龙博利岛喷发的火山口到恒河的三角洲，从以色列的圣城到戒备森严的叙利亚边境，有欢喜也有悲伤，有兴奋也有幽怨，总有无数个瞬间，让我感恩这个世界。

每天都是一次新的旅行，每一个和我们走过一段的人都值得感激。

生命，不长不短，刚好够用来好好看看这个世界。

而旅行，能让你遇到那个更好的自己。

在内心，我知道，每次旅行最能打动我的不是风景，更不是繁华的城市和故作姿态的头衔与表象，而是人，你在路上遇到过的那些你喜欢或者不喜欢、认同或者不认同的，平凡生活着的人。正是他们各不相同的人性闪烁，在那个与你航迹交错的瞬间改变、点化并充盈着你的人生。

一个人的财富不是指你有没有财产，而是指你有没有灵魂。

如果，我是说如果，你也曾经偶尔在寂静的午夜发觉自己失却了灵魂而感到虚弱无助，请去路上，找它回来。

我相信，上帝造出了那一片无缝的沉沉黑夜，也注定要造出几颗寥落的星星，那么自顾自地闪烁着光芒，并不指望照亮整个黑夜。

旅行是最热闹的孤独，是一场向着内心的出走；旅行是一部电影，笑中带泪；旅行是一首没有伴奏的歌，五音不全，旁人全听它不懂，只剩下垂垂暮年的你，独自蜷缩在摇椅上的毯子下面，露出不易察觉的最后一丝微笑。

第一次看到那美丽天际线的时候。意大利佛罗伦萨 2005年

告别也是开始。菲律宾薄荷岛 2009年

CLOA
37

境地

只有你看见的世界，才是对你有意义的存在。

嘈杂世界的静音键

蒲甘很大。宽阔的平原上散落着大量的佛塔，有登记的就超过2000座，让人恨不得肋生双翼，凌空鸟瞰。无论你何时造访蒲甘，平原上佛塔的数字都可能和上一次日出的时候有所不同。

能让人们拿起背包、出门旅行的理由千差万别，甚至说是千奇百怪也未尝不可，有的漫长纠结、拖拖拉拉，有的轻快短促、一箭穿心。圣特里尼的蓝与白、京都的红和绿……而对于缅甸的蒲甘，一张照片就够了——那是一群沐浴在夕阳金光下望不到尽头的佛塔。

莲韵佛国缅甸，它的版图犹如风筝凌空，蒲甘位于中西部。它睡在伊洛瓦底江边，确切地说，是伊洛瓦底江在蒲甘周围拐了弯，变成一条拥紧蒲甘的臂膀。蒲甘是一座神城，修建它的人相信满天神佛比暗夜苍穹里的繁星更不可尽数。他们希望无论多少神明齐聚于此，都能各自独享佛塔里的莲座。所以，任时光流走，他们不停地营造，直到宽广平原上视线所及的每个角落都布满了佛塔，如无数信众们伸向青天的虔敬双手一样，直指碧空。

《花样年华》结尾那段，一个男人在幽静的角落里，把纠结的心事倾诉给与古塔纠缠在一处的古树。而在蒲甘，无论有多少满怀心事的逃家旅人，都能各自独享一座佛塔，在暮色四合、四顾无人的时候，静静忏悔，梳理过往。

旅程的尽头，应该是一片能够单独面对自己内心的净土。如果你仍然相信纷繁嘈杂的世界有这样的角落，面对蒲甘平原上幽野晴空下的塔群，你一定会感觉到：净土在此，万里不遥。

面对砖塔丛林，来到蒲甘的每一个人都会徒劳地自问：这里到底有多少佛塔和僧院？

缅甸·蒲甘

旅程的尽头，应该是一片能够单独面对自己内心的净土，如果你仍然相信纷繁嘈杂的世界有这样的角落。

蒲甘平原上的佛塔丛林。缅甸蒲甘 2009年

如果你搜索网络，各种数据纷繁芜杂，莫衷一是。据说当修建起吴哥和婆罗浮屠的王国步下巅峰、日渐没落之时，在东南亚的最西边一个古老的民族逐渐强盛起来。这就是以蒲甘为都城的缅族，于公元12～13世纪时进入全盛时期。称呼蒲甘为“万塔之城”，丝毫没有夸张的意味，因为在这块方圆几十平方千米的平原上，曾经矗立着数万座佛塔建筑。据说在全盛时期，曾经到444万座之巨！

整个世界的共识是，蒲甘因拥有世界上最丰富的佛塔建筑遗迹闻名，其历史价值与柬埔寨吴哥窟以及印尼的婆罗浮屠塔齐名，并称为“世界三大佛教建筑群”。这三者中，唯独蒲甘在申请世界文化遗产时落选，据说是因为缅甸军政府在力图确立民族自决过程中的强硬立场受到西方主导的国际舆论的抵制。联合国世界遗产组织的说法是认为缅甸人在维修蒲甘遗址的过程中破坏了修旧如旧的原则，增加了很多芜杂而非必要的当代内容。

以我个人的看法，在这三者之中，蒲甘虽说不上是保存最好的建筑群，但可能是最令人难忘的一处，这里的商业旅游气氛也并非是三者之中最浓重的。

目前，据说在蒲甘平原散落着大约4400座寺庙（据Lonely Planet旅行指南《东南亚》册），具体数字是多少？这个问题很可能会终究成谜，因为缅甸百废待兴、经济凋敝的事实会导致每天都可能有佛塔遭损毁，而全民礼佛的巨大热情，又会导致每天都可能有新的佛塔建成。就连权威的联合国教科文组织都只是轻描淡写地宣称“经考证，记录在册的约有2700多座”，如此而已。

所以，无论你何时造访蒲甘，平原上佛塔的数字都可能和上一次日出的时候有所

上：高塔林立的蒲甘平原被誉为『中古时期的曼哈顿』，据说佛塔数量超过全欧洲的教堂尖塔数目。缅甸蒲甘 2009年

下：醯路弥路寺南侧有一处掩映在林中的水塘，村民赶着两头瘤牛拉着的水车来这里取水。车轮吱呀作响地碾轧着干涸的路面，一路渐行渐远，让人不禁止步侧耳细听，直到这童谣般的吟唱被穿过叶尖的缕缕风声取代。缅甸蒲甘 2009年

蒲甘的两位小和尚在拍照时露出紧张的神情。缅族的信仰为小乘佛教，并延续了男女童七岁剃度出家就读佛教学院的传统，这使得缅甸长期以来都是亚洲受教育程度最高，犯罪率最低的国家之一。缅甸蒲甘 2009年

不同。

蒲甘人平和、顺命、懂得等待，他们能够借以自处的也唯有等待。面对佛塔上随着时光枯荣的野草，他们的等待和期望也仿佛季节交替一般，去了又来，来了又去。

在一座偏远、破落的庙门口，我认识了卖沙画的X。当时我正在向一个小姑娘打听，为什么蒲甘地图上无数寺庙的缅甸语音译英文名字中，有很多都有类似的后缀。我推测，搞清楚了这个，就有可能在造访那里之前，知道哪个寺庙里有佛塔、壁画或者是洞窟，避免参观雷同的佛寺。小姑娘完全迷惑了，她大声叫来X，说这个问题只有他懂。

X端详了我半天，好像在端详一座刚刚出土的雕像。

“你说对了，先生，这是一个好问题！”X谦恭地冲我笑笑，“请问，我能知道您的名字和国籍吗？”

接下来的半个小时里，X证实了我的大胆推测——的确能够从名字来判断佛寺的建筑样式。而且X告诉我，蒲甘平原上的黑导游有很多，有很多人是通过这样的方式挣得生活费或对他们来说高昂的学费，完成学业的。

化缘归来的小和尚就像五线谱纸上零落的音符一样，随着笑语声渐远，慢慢消失在夕阳落下的方向。缅甸蒲甘 2009年

正在制作沙画的蒲甘幼童。缅甸蒲甘 2009年

“你们身后的这座有着漂亮壁画的寺庙，叫作Ape-ya-dana。里面的壁画曾经由联合国教科文组织拨款清洗过，历时3年，每人每天只能清洗8平方英寸，因为清洗之前要仔细确认壁画后面是否有空洞，否则，壁画可能在被水浸入以后整片地剥落！一旦发现空洞，要先用特殊的材料仔细填充以后才能清洗……这里，也是我的项目。”X突然抬起头，目光扫过被侵蚀得线条柔美的佛塔，一如再见他的爱人。

“工程是从1998年开始的，当时有两个意大利专家和10个当地人在这里工作，我是其中之一。现在项目没有了，我也没有了收入来源。当时，我每个月能从联合国领到250美元呐。”但是，X惋惜的的确好像远不止那几张薄薄的绿色钞票。

“制裁，你知道的。”

“那你现在怎么办？”我当然知道X现在靠卖些便宜的沙画和小纪念品维持生计。

“等待。”

"生活是一场旅行，而不是一个目的地。"纪念品摊主千疮百孔的T恤衫上这样写着。缅甸蒲甘 2009年

我在等待着X的下文，但是始终没有等来。

X看了我一眼，我看了太太一眼，她看了一眼背包的拉链，开始在里面翻找我们的钱包。

"我要走啦，太阳落山了，不过明天还会爬上来的。"X故作深沉的哲学家腔调听起来有点儿让人心酸。然后他急匆匆地收拾摊档，开步走人，如逃跑一般。

"请等一下，我想给你拍张照片可以吗？X先生？"我记住了他的名字。

"好啊！"他兴高采烈地坐回自己的画作前，那些是我见过的最逼真的蒲甘壁画仿制品。

Life is a journey, not a destination.（生活是一场旅行，而不是一个目的地。）X的T恤衫上这样写着，那件旧衣服从前面看，还说得过去，不过后面已经千疮百孔。

我知道X在等待，尽管我不知道等的究竟是什么，但是我仍然要祝X好运。真的，X需要那么点儿运气。

谁不暗恋桃花源

在夜空下和回忆里，旅行会如同显影液一样，袒露出很多你平素稍纵即逝的念头来，这当然也包括那些你习惯逃避的想法。

喀拉拉邦被《国家地理》杂志评为“50个一生必游之地”之一，也是被Lonely Planet评价为“印度最值得体验”的“米船”的故乡。接下来的一天，我们必须从科伐兰海滩前往米船巡游的起点——科伦姆，再出发前往科钦。进入这个城市，才是真正到达了喀拉拉的心脏，而在印度人的心里，喀拉拉是“神的私家园林（God’s own land）”。

喀拉拉是印度最南部的一个邦，很多印度人都没有去过，在喀拉拉邦执政的是印度共产党。和大众普遍印象里脏乱嘈杂的印度不同，这里是清丽的水乡，街道因为突然冒出来的茂密的椰子树而显得很清爽。

回水泛舟，米船上的冥想

喀拉拉邦最吸引人的旅游项目，莫过于“回水泛舟（Backwater Tour）”。所谓“回水”，就是纵横交错的水网地带。在印度的版图上，喀拉拉邦位于西南部的一条狭长的地带，夹在拉克沙海与西高止山脉之间。发源于西高止山的41条河流，蜿蜒曲折地流向大海。这些河流的流量都不大，一年的大多数日子里显得温顺安宁，碧如翡翠。与众不同的是，这里的多数河流似乎都并不急于入海，而是在很多地方与海岸线平行，最近的地方不过相隔三五米，构成河水海水隔沙丘相望的奇特景象。季风到来时，海水铺天盖地般越过海岸线，

印度·喀拉拉

这里是神鬼际会的南印度，万物有灵。

飞鸟掠过水面，回水泛舟的旅程才刚刚开始。印度喀拉拉邦 2008年

注入河中；待风过雨起，河水暴涨时，便又会慌不择路，奔海而去。一年年周而复始。

在“回水”之乡，当地人把当年运米的小船改造成供游客穿行水网的“船屋（Houseboat）”，仍然沿用旧名，就是令人一见钟情的“米船”。用茅草和竹枝搭成的船篷古朴、清雅，远远看去，如同漂在一脉静水上的野村田舍、桃园草庐。

喀拉拉的自然美景无与伦比，人情练达、古风犹存的民风也颇令当地人引以为傲。这里的人民友善而充满活力，受教育率在全印度位居第一。虽然整个印度的妇女识字率只有39.42%，但是喀拉拉邦的所有居民，包括女性，识字率已高达95%，印度其他地区常见的重男轻女现象在喀拉拉邦很难寻到踪迹。“民众科学运动”的科学家们自豪地说：“在喀拉拉，没有人不读报，没有人不谈政治，没有人不唱歌。”

到了科伦姆，我们决定住到水中半岛上的一家叫作Kollam Valiyavila Family Estate的小旅馆。旅馆建在伸向水中的小半岛上，要乘水上巴士——一条简陋的、老爷引擎一路高歌前进的渡船才能到达。在码头上，我碰到一个超级乐观的荷兰人，不住嘴地夸赞科伦姆的酒店超级干净，简直能在地板上吃biriyani（印度南部用芭蕉叶子当盘子来吃的抓饭）！这老兄的嘴角上火，肿得一塌糊涂，离上台扮演八戒已经不远了。不过，仍然是兴高采烈，对印度一往情深，虽然已经在印度待了快两个月，但仍是兴致勃勃，哪里都想看看。上了渡船见有人向我们收了5卢比船票钱，就直接对售票员说：“来十块钱的！”那股子“到哪儿算哪儿”的劲头真是可爱得超凡超圣加超人。

等到了酒店，我们第一时间发现了这个地方的可爱，简直就如同走进了一个当地大户

喀拉拉邦的水网地带，清新明丽的风景仿佛是遗世桃园中的景象。印度喀拉拉邦 2008年

人家的私宅，好像这个人家的儿子刚刚离家去外地上学，而你被安排在儿子过去住的房间，稍早住进来的一对法国老夫妻正在网上发自己在印度拍的照片，我看到屏幕上很美的落日和渔船，问是在哪里拍的。“就在这里啊，每天都很美！当地人会在傍晚的时候用灯光诱捕水里的鱼，相当可爱！”

下午的光线很美，看着一条小巧的米船划过水面，全无声息，波浪散开又合拢，像一个浅浅的微笑。船尾撑篙的是一个黄头发的西方人，赤裸着上身，围着一条苏格兰围巾，脑袋后面的金发扎成一个小辫。皮肤古铜色，笑起来很羞涩。

盘算着明天不会乘米船旅行，所以今天不妨和这个有点特别的船夫聊聊，不想他先走过来开了口，主动介绍说自己的米船是一个“环境友好”的项目，不使用辛烷燃料推进的舷外引擎，所有废物都不直接排放在河道……还有就是：“听说你们对米船感兴趣，明天出发的话，我可以给你个价格，你看是否有兴趣？”

价钱的确很诱人，把这条有两个双人间的船包下来居然比其他米船一个人的价格还便宜1/3，包含三餐、下午茶和税金还有住宿。他听说我们打算不在船上住宿，明天下午就赶到科钦，便说：“没有看到Backwater的星空，你们会遗憾的。”他叫格兰特，是“米船”的船长。

晚上，我们照例是吃螃蟹。印度的螃蟹个儿大肉满，价钱便宜，我们一连几天都吃得相当满意。在晚风吹拂的庭园里，看着流淌的河水、夜里用灯光诱捕水产的渔船、摇曳的树影，椰林深处的鸟鸣听上去像孩子的笑声。我们和邻居法国老夫妻聊着法国、中国、印度、伊本·白图泰还有他们的两个儿子，酒店的共产党员经理听说我们来自中国，当然不会放过这个机会和我们聊两句毛泽东……

第二天一大早，酒店经理如约开着自己的摩托带我去半岛上卖鱼的小市场闲逛，这项服务也是免费的。路上他劝我在船上过夜，“可以省掉一个晚上的酒店开销啊，为什么不呢？旅行不要太赶时间嘛，这样格兰特也可以把船开慢点儿，少用一会儿马达，多用几阵竹篙撑船，你们可以更悠闲地欣赏风景，引擎对环境的污染也少些，而且Backwater的晚上，确实很美妙……”

鱼市里来了一个黄皮肤的外国人，顿时像过节一样热闹了起来。市场的人知道我不是来买鱼的，更知道我不会讲当地方言，所以都露出憨厚又带了点儿羞涩的笑容看着我，我让他们拿起铝盆里的海鲜摆个姿势，他们却连身上的莎丽都要摆弄一番，像个专业模特一样“敬业”，最后还要向我推荐五步以外卖螃蟹的大嫂。

乡间市场上，那些热情又略带羞涩的笑容。印度科伦姆 2008年

看着晨光下熙熙攘攘的市场，心情会莫名地明朗。清晨的时间，从寂静到慢慢升起生机，整个世界慢慢醒来的那个过程，那个动作，总是让人怦然心动。旅行途中，我总是迫不及待地期盼着清晨，总是在第一缕微光亮起之前，就背着沉重的摄影包上路。我最喜欢去的，是世界各个角落的菜市场，那是我心目中最真切地流淌着幸福感、温存着的角落。

我们决定在船上过夜，让船慢慢开，让时光慢慢随水流。

格兰特船长的慢船

一万年太久，只争朝夕。这是中国人打内心里赞同的生存之道。说到旅行中的交通工具，我们当然认为高速就是完美。可这个高科技和高速度的时代，偏偏有人执着于低科技和低速度，格兰特的慢船就是这样漂向科钦。

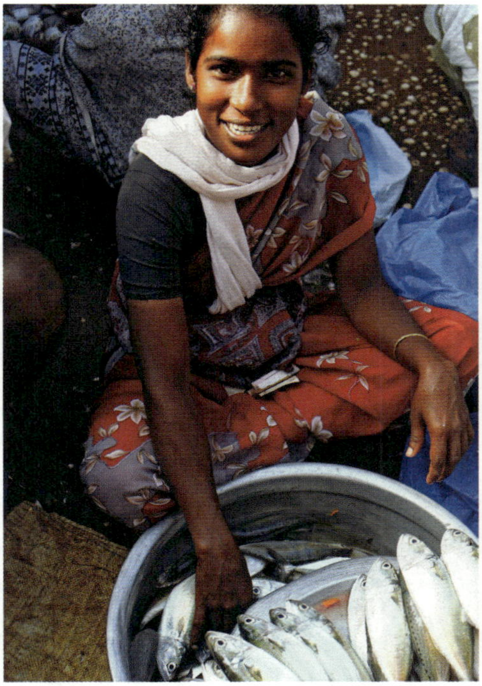

船头的墙上和各个角落里装饰着澳大利亚原住民的岩画，两个房间里也画着印度的美人鱼和不知名时代一对情侣的壁画。“这些是一个印度画师的作品，澳大利亚的岩画是我提供的摹本，其他的留给他自己发挥。他原本是画海报的，但是现在电影院什么的都大量使用印刷品，所以他失业了。我觉得他的作品很不错，他也的确没有让大家失望。”船长告诉我们。

房间整整齐齐，即便和印度大多数经济型酒店相比也算宽敞了，卫生间很干净，房间的衣柜上贴着一张小小的告示，提醒乘客尽量节省能源，节省用水，少用化学洗涤剂，尽量不要在晚上9时到早上6时以外的时间使用电力等等……这样对环境“友好”。还有一条规定，是说米船必须在傍晚5：30到第二天早上8：30下锚停泊。我问格兰特这是为什么，他说那段时间渔民会在河道中下网捕鱼。

令人一见钟情的“米船”。用茅草和竹枝搭成的船篷古朴、清雅，远远看去，如同漂在一脉静水上的野村田舍，桃源草庐。印度喀拉拉邦 2008年

撑篙的格兰特船长。印度喀拉拉邦 2008年

生命，值得一笑

观光旅行有点像看电影，乘坐米船旅行则像是听音乐会，更舒缓，更简单，也更情绪化。观光时候一味接受的头脑这时候开始游离，开始有了念头，听到、闻到、触到南印度的花香、水的气息、鱼鹰的叫声、从水里突然冒出来的船民的笑声和挥舞的双手。你会想：为什么简单地向游船挥挥手就会让他们这样快乐？他们活得开心真是容易，如果说活着就为了开心，那就挥手吧，如果大笑就是快乐，那就大笑吧。怪不得印度的孟买会有一个很有创意的“大笑俱乐部”，一群人聚在一起没来由地大笑，想来这些人也许是明白既然快乐越来越稀有，不如直接去笑，何苦等着那些“值得一笑”的事情来到？生命，值得一笑。

米船静静地漂着，全无计划，抵达目的地之前，有满满一船的过程，整条河盈盈一水。

格兰特忙完手头的事情，来到船头和舵手聊航道的事情，聊河流的事情。

格兰特点燃一根烟，没有过滤嘴的印度香烟，说这样的烟抽完之后可以直接扔到河里，“可以降解，环境友好”。

格兰特讲起另外两个船员，坚先生是有执照的内河船长，莫汉是当地农民、船上的全职厨师，专长喀拉拉风味农家菜，特别是鱼。格兰特本人是英格兰人，船舶工程师，在6个国家造过船，从独木舟到邮轮，拥有的客户中也有一些是鼎鼎大名的船东。

这条叫作“绿色棕榈（Green Palm）”的船，他造了3年，从桌椅到船身和舵机，几乎全部是回收再利用的部件，100%印度制造，80%来自垃圾场。船头灯是摩托车用过的，链条原来是三轮车上的，舵轮来自印度产的“大使牌”轿车，喇叭是原装的三轮摩的喇叭。瓶子里装的是矿泉水，可以放心地喝。到2008年2月18日，这条船开航刚好满一年。

格兰特总是希望自己的船能够让其他船东了解什么是环境友好的生态旅行。“与其告诉别人应该怎样，不如亲自做给别人看吧。”说着，他掏出香烟来请我吸。

“前面是Hugging Mamma（抱抱阿姨）的家，她又环游世界去了。”我不解Hugging Mamma是做什么的。“一个老奶奶，周游世界，没做什么，只是给很多人一个拥抱。”

渔村的居民把遍布河面的水葫芦拨开一个漂亮的圆洞，跳进去，拿手指悠闲地刷开了牙，因为距离较远，看不清那手指上是否沾了牙膏，也好，没有牙膏更环保，三句话不离“环境友好”的格兰特船长肯定更加赞赏。刷牙的渔民一头潜到水

印度水乡的夜晚，所有载着游客的“米船”都在同一时间停航，为的是保护村民的渔网和风景的宁静。印度喀拉拉邦 2008年

格兰特船长米船上的印度版美人鱼。印度喀拉拉邦 2008年

底，再冒出头来的时候已经焕然一新，龇着一口闪闪发光的白牙，心满意足地回到岸上，打算吃过早餐就精神百倍地去自留地或者鱼窝棚里“上班”了。

船过密林，格兰特跳了起来，想摘一个头顶树冠上将熟未熟的杧果给我们，没有够着，却惊走了满河的鸭子和树顶的两只白鹭。

茅草盖顶的小船静静地停在水面，坐在船头的平台上，有那么一阵子，感到似乎这才是自己一直寻找着的想要过的生活。夕阳走在回家的路上，它的光芒也变得如同家人刻意留在门廊下的那盏昏黄的灯火；穿着白衬衫的父亲骑着自行车，带着放学的女儿穿行在窄窄的河堤上，小女孩儿兴高采烈地讲着学校里的趣事，在回家的路上留着远远的一阵欢笑声；几个黑瘦的小男孩动作夸张地扑通通跳进河里，把最后几只不愿意回窝的鸭子赶到河边，河面上密密匝匝的水葫芦被孩子们划水的手脚荡起一层层翠绿的波纹；划着桨的渔民收起了网，扛着锄头的白发老人停下回家的脚步，好奇地看着网里的渔获，对一条有手臂粗细的鲶鱼露出微笑……这就是莫汉家的小村子，这个憨厚的厨师坚持要格兰特船长买下这条鱼，活蹦乱跳的鲶鱼过一会儿将会是我们的晚餐，莫汉胖胖的老婆也正在自家的灶台前生起了火，准备喂饱自己那一群孩子。我们踩着湿滑的小桥，在夜晚即将到来的时候走回远处的船屋，背后升起袅袅的炊烟，回响着水牛低沉的吟咏……

那个晚上，连上帝也醉了，把满天的繁星和地平线上焰火一样的闪电一起打翻在我们面前。“啤酒免费，风景50卢比。”格兰特船长笑了，“开玩笑的，风景也免费。”

格兰特船长。印度喀拉拉邦 2008年

爱丽丝的另一处仙境

搭乘斯里兰卡航空的直航班机，在催眠曲一般的引擎声中飞向科伦坡。斯航的空中小姐正送上琥珀色的锡兰红茶和从容的微笑。锡兰是英国殖民时期斯里兰卡的旧称，因为斯里兰卡岛的外形酷似水滴，在漫长的历史中又不断遭遇入侵与战乱的纠缠，所以一贯以文笔纠结和自负著称的英国人，粗暴武断又生动形象地将它比喻成“印度洋的泪珠”。

这是我第三次造访斯里兰卡，神迹般的机缘和脑海中神出鬼没、不可名状的深深迷恋，把我一次次引向这里。对这个“大不列颠式”比喻的不屑，一直伴随着我的几次旅程。这形而上的比喻，实在不堪般配斯里兰卡的奇幻与丰盈。每一次，我都带着遗憾与新的憧憬离开；每一次，都觉得尚未看清它谜一样的身世和雨林轻雾一般的灵性。直到第三次离开的时候，看着斯航空姐们穿着的翠绿色纱丽、衣料上缀满的那千百只眼睛一样的泪滴状孔雀翎毛，我才恍然大悟：原来斯里兰卡不是闪烁的眼泪，而是阳光下斑斓夺目的孔雀羽毛！斯里兰卡那让人着迷的沉静与神秘，就如同一颗小小的钻石能拆分太阳的光谱一样，无尽神奇。

这是个清纯甜美，又天真羞涩的海岛。

这里皮肤黝黑的国民，爱在摇曳着斑驳树影的棕榈树下轻轻哼唱，用他们俏皮可爱的婉转腔调，把自己的国家叫作“我们兰卡（our Lanka）”，听起来好像在叫“我们家小宝”。他们还给每年定期光顾海岛，带来丰沛降水和源源快乐的两只季风也起了名字。5～8月飞来海岛西南部的那个，叫雅拉（Yala）；10月到来年1月跑去海岛东北部的那个，叫玛哈（Maha），活脱像是一对眼睛大大的，眉毛黑黑的，又爱吵爱闹的双胞胎姐弟的名字。

斯里兰卡

《爱丽丝漫游仙境》的电影场景设计得够诡异，但是和斯里兰卡的热带丛林相比，实在不够仙境。

努沃勒埃利耶有宫崎骏笔下神灵出没的多雾山岭。斯里兰卡中部山区 2010年

岛国的大号斯里兰卡，听起来优雅贵气，像英女王皇冠上的宝石。事实也的确如此，但是英女王的那颗宝贝却被叫作“印度之星”。英国人把产地给隐去了，一是为了炫耀自己曾经宽广无垠的印度殖民领地，二是害怕别人知道了产地这个秘密，为了这个刨花生都会不小心牵出宝石来的海岛跟女王陛下大打出手，那就不够斯文了。

从高桅帆船穿梭在海上贸易航路的时代起，“斯里兰卡式天气（Sri Lanka’s climate）”，对总是要面对阴雨连绵的英国人来说只意味着一件事：无论你什么时候造访这个海岛，这里漫长柔美的海岸线上总有一处海滩的天气，在以度假天堂的姿态恭候着。

我见过一对斯里兰卡兄弟，黝黑发亮的皮肤和茫然无助的表情使人无论如何也难以相信兄弟俩的实际年龄居然还那么年轻。他们每天在烈日下砍开椰子粗糙的外皮，汗流浃背地挣取一天7美分的低微报酬；他们那么骄傲地向我炫耀那部捆着橡皮筋的、来自中国的老旧收音机，在树荫下和清风里享受片刻；他们为了一曲我完全听不懂的短歌，微笑得像两个孩子。我见过山区小镇里的一位泰米尔少年，他那么自豪地向我介绍自己负责打理的马厩里每一匹赛马的名字和脾气，还不忘顺带似的及时清扫好每个角落。我至今都记得那家马术俱乐部的名字叫作“体育明星”，我在俱乐部的招牌下为少年拍照的时候，他感动得几乎要哭出声来，不知从哪儿找来一根骑师的马鞭，抱着手肘，帅气地在底片上留下微笑。我要走时，他没有紧紧地拥抱我，只是用尽可能平静的声调和蹩脚的英语对我说：“我的中国朋友啊，你知道我的梦想！”我干巴巴地回答他：“我的斯里兰卡朋友，我知道，你的梦想是像马儿一样奔驰。”

这是个清纯甜美，又天真羞涩的海岛。斯里兰卡 2010年

热情好客的斯里兰卡人随时会邀请你一起进餐，不出意外的话，一定是美味的咖喱。斯里兰卡加勒 2010年

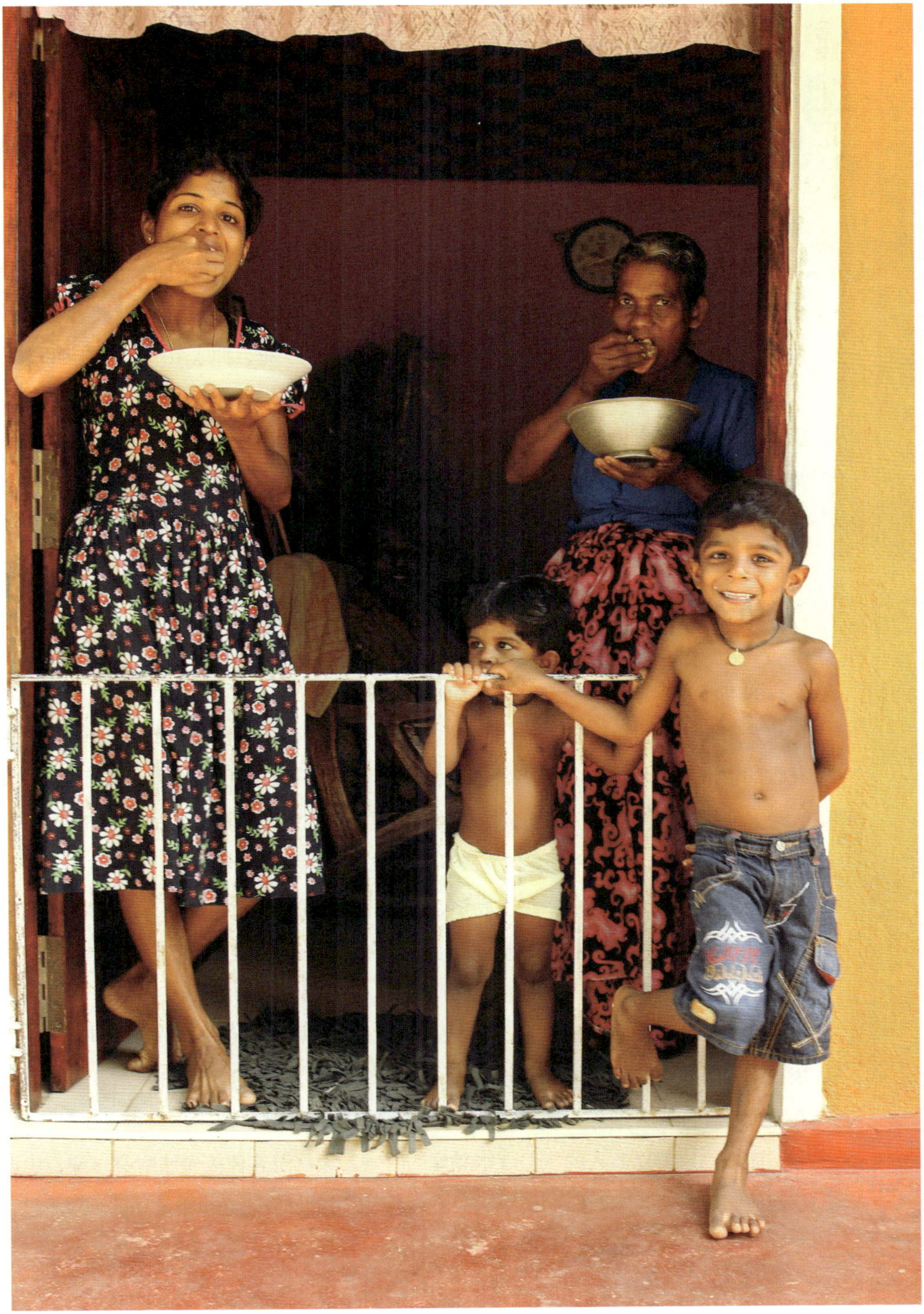

我曾经见过一位清秀的斯里兰卡少女，在拥挤的公共汽车里挤在我憨厚的朋友身边。那时候朋友正剥开一盒巧克力的包装纸，不知是什么原因，在瞬间他改变了一向矜持的个性，分了一颗巧克力给那少女。清纯的姑娘瞬间羞红了脸，一路表情紧绷地和我们一起在乡间公路上甩掉一个个站牌。直到要下车的那一站，她都紧紧握着那颗不值钱的糖果，一言不发。车门关闭的时刻，我们看见她飞快地把巧克力送进嘴里。握了那么久，那块小小的甜蜜，一定早已经溶化得不成样子。

斯里兰卡有美丽清澈的海滩，有绿色天鹅绒般铺展的雾中茶园，也有掩映在雨林深处的、宝石一样静美深邃的古庙和塔群。更重要的是，那座海岛上有着清纯、善良，又微笑得如同天使一样无尘无扰的人们。可以用晨露打湿的栀子花，抑或微雨润湿的百香果来形容这个深具慧根的国家和它的子民。只要你和我一样，曾经走在那些华盖一般遮蔽着道路的榕树下，曾经让一杯朴素的锡兰红茶送走你跋涉过后的暑热和疲倦，那久违的满足和深深的幸福感一定也会让你感到：能来到这里，真正是上天的恩赐。平淡的生活和僵硬的躯体，再次变得那么灵动可爱，让人眷恋。

大象孤儿院里被宠坏了的调皮小子

美利坚合众国前总统乔治·布什收到过各种花样百出的礼物，其中有两样一定让他没齿难忘：一样是伊拉克记者送上的皮鞋，另一样是来自斯里兰卡用大象的粪便做成的有金色花纹的信纸和信封。制造这些粪便的大象们，亲身经历过战争的伤害，经历过栖息地被毁的无奈，经历过气候变化带来的干旱和饥馑，也经历过人类的驱役。如今，它们似乎终于可以过上平静的生活，用芳香扑鼻的大粪来表达自己的生活意见了。

出产这些象粪信纸的平纳沃勒镇，位于距离华盛顿13个半时区以西的斯里兰卡，遥远得仿佛在另一个星球，咆哮的喷气机也要用尽双引擎的全力才能到达。这里有一座大象孤儿院，但是在这里，那些“孤儿”并不孤独。

在大片葱绿椰林的掩映下，马哈河淙淙流淌，发出风铃般清脆的水声，两岸的红色土壤在阳光下如同庞贝古城里经典壁画上的色彩。隔着河岸，我听到棕树林深处象群发出的高亢嘶吼，宣告着丛林之王即将登场。

庞大的象群以骇人的气势涉水登岸的时候，大群游客像被魔法附身一样，步调一致地恭迎他们的到来。当年亚历山大大帝出游时，臣民的反应想必也不过如此。只不过，那时人

上：一头大象的生活意见：请拥抱你的世界，用双手或者鼻子。斯里兰卡平纳沃勒 2010年

下：幽默的大象粪造纸作坊，平静地讲述着斯里兰卡人的价值观。斯里兰卡平纳沃勒 2010年

象群聚集的平纳沃勒，清新遥远得仿佛另一个世界。斯里兰卡平纳沃勒 2010年

们是俯身行礼，现在人们是齐刷刷地举起手里的相机和DV，快门声和尖叫声响成一片。

大象孤儿院（Elephant Orphanage）坐落在斯里兰卡中央省盖克拉行政区的平纳沃勒村（Pinnawela），离首都科伦坡85千米，占地5.6公顷。这里既是一个国营的大象保护场所，又是斯里兰卡最著名的旅游景点之一。创建“大象孤儿院”的初衷，是因为蕴藏着丰富宝石矿藏的斯里兰卡原始森林中，到处可见到被废弃的违禁开采的简易矿井，一些小象容易掉进这些废井而成为死囚，还有一些幼象因种种不测与母象失散了。斯里兰卡政府野生动物保护局于1975年开始修建了这座世界上独一无二的“大象孤儿院”，收容7头大象，如今，“人丁兴旺”的象群已达近百头，其中幼象65头。大象孤儿院每天都有喂食、表演和洗澡时间段，尤其是喂食和洗澡的项目游客可以参与。

一般情况下，一头成年大象平均每天要吃180千克树叶或树皮。对于饲养机构来说，这已经是一笔不小的负担，而且，大象一天平均排便16次，共产生100多千克粪便，大象孤儿院每天都会收集到上万千克大象粪便。如何创收以满足饲养大象的花费？如何处理这些堆积如山的粪便？一度成为大象孤儿院颇伤脑筋的两大难题。后来，一个绝佳的创意解决了这些难题。

当地有一家名为“马克西莫斯”（Maximus）的再生能源造纸公司近几年生意火爆，其独特之处在于就地取材，将象粪变废为宝，加工制成可登大雅之堂的环保纸张和礼品。象粪造纸项目不仅仅为当地人创造了就业机会，而且通过让当地人捡大象粪便增加固定收入的做法，鼓励人们自愿保护大象，减少猎杀。

在墙上写满英文、俄文、日文等多国文字的大象粪便造纸的车间，陈列着琳琅满目的用大象粪制成的产品，书签、贺卡、笔记本、相册等等，都是手工制作。闻一闻，非但没有臭味，反而有一种淡淡的清香。生产象粪纸的原料75%是大象粪便，其余则是回收利用的废旧纸张，由于采用了特殊工艺，完全没有臭味。售货的小伙子拿起货架上的一个完全用大象粪纸制成的小工艺象放到地上，整个人踩上去再拿起来给我们看，工艺象居然安然无恙。

这里出产的象粪纸主要有两种：一种是深色纸，用吃棕榈树叶大象的粪便制成；另一种是浅色纸，用吃椰子大象的粪便制成。象粪需经过收集、晒干、蒸煮、消毒、打碎、染色等工序才能制成成品纸。每10千克象粪能制造出120张规格为28英寸×32英寸的纸张。

象粪造纸不仅给大象孤儿院和“马克西莫斯”公司带来了可观的经济收入，而且也给斯里兰卡这个饱经战乱的国家赢得了荣誉。经过开始阶段的辛苦坚持，他们终于迎来了自己的纪念日：2006年“世界挑战”大奖在荷兰揭晓，象粪造纸以其“保护野生大象，营造人与自然和谐关系”的超人创意一举夺冠。今天，用斯里兰卡象粪制成的产品已远销日本、欧洲和美国，并成为国礼。由于公司就设在“大象孤儿院”旁边，新鲜原料源源不断。创办7年来，马克西莫斯公司每天可处理两吨象粪，规模从最初的7人增加到现在的122人。2002年，斯里兰卡时任总理拉尼尔·维克拉马辛哈访问美国时，给布什带去的是带有金色花纹的信纸和信封等礼品，就是用大象粪便制成的。“第一夫人”劳拉拿到有叶形花纹的精美书写纸，鲍威尔则收到了带有肉桂和香蕉香气的再循环纸。

加勒城堡的“跳海耶稣”

“给我20美金，我就从悬崖上跳进印度洋给你看！”

加勒城堡的海边城墙上经常能看到一个发型和神情酷似耶稣基督的青年，向游客们发出惊世骇俗的邀请。当然，他身边还环绕着旅游地司空见惯的兜售花边台布和古代硬币的小贩。这位“跳海耶稣”的精彩时刻被一位不知名的摄影师记录下来，放大的照片经常能在各个民俗商店、宝石作坊的墙上看到，画面上一轮巨大的落日染红了整个城堡海滨，他纵身一跃的剪影被牢牢定格在落日光灿夺目的晕影正中。在照片旁边的房间里，一个玻璃瓶中装满了平淡无奇的沙粒，瓶身上贴着的白纸上赫然写着“海啸之沙（Tsunami Sands）”。

当年，斯里兰卡是受海啸影响最严重的国家之一，约3万人死亡，数千人失踪，巨浪沿北部、南部和东部海岸线留下了一连串破坏痕迹，并曾纵深席卷到内陆两千米的地方。当时，有一列火车正行驶在距离兰卡西海岸200米左右的铁轨上，巨大的海浪突然袭来的时刻，火车被整体掀翻，死亡1700人。出事地点的铁轨已经修复，没有列车隆隆驶过的时候，一切复归于无声的宁静之中。只是路边多了一座十几米高的大佛，据说是日本人捐赠的，用来慰藉惨剧中的亡灵。

加勒海岸的路边，至今仍有不少已成废墟的房屋和很多折断的椰子树。然而，其中却有一个地方毫发无损，那就是加勒城堡。加勒城堡坐落在斯里兰卡西南，正好处于印度洋海滨的一个岩石半岛上。这个半岛是天然良港，早在14世纪，这里就已经成为斯里兰卡最为活跃的港口之一。能在海啸中幸免于难，不能不说是拜其特殊的地形和坚实的围墙所赐，当地的斯里兰卡人则愿意相信这座城堡是受到神庇佑的。

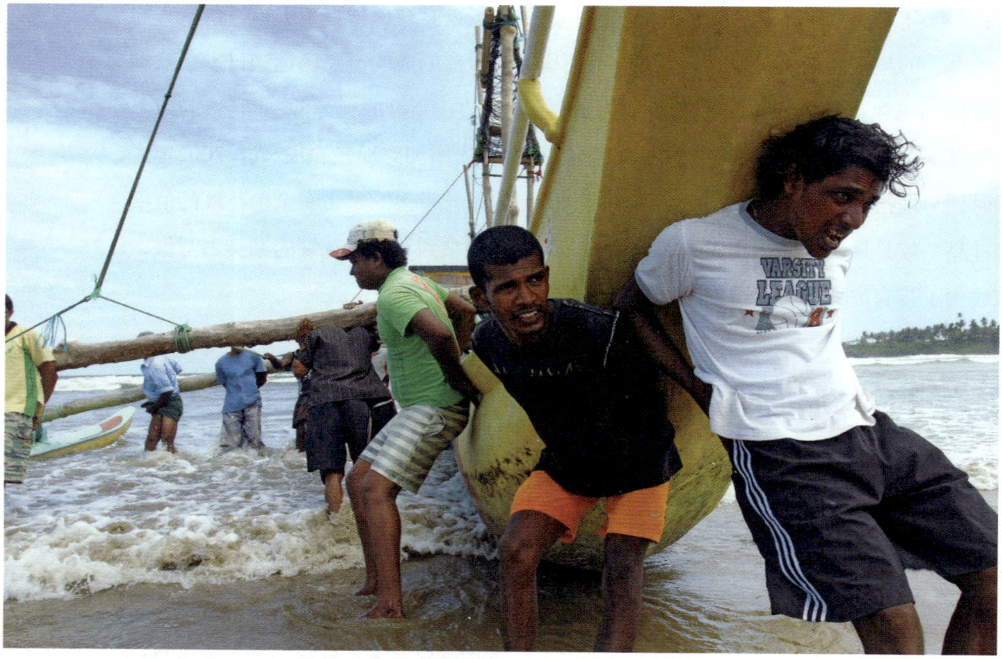

上：加勒海边的渔夫告诉我，他们倍加珍爱的这条渔船，花去了大家100000卢比。『每天把它推下海，真是件高兴事儿！』斯里兰卡加勒 2010年

下：加勒城一家小店的橱柜里，装满沙子的玻璃瓶上写着：『海啸之沙』。斯里兰卡加勒 2010年

加勒（Galle）老城位于斯里兰卡南部省，在科伦坡以南72英里处。因其地理位置的重要，先后被葡萄牙人、荷兰人、英国人占领和殖民过。加勒老城的荷兰式城堡连同14个棱堡及其防御设施，主要是荷兰人在原葡萄牙人所建的城防基础上加以改建和扩建而成的。要塞所覆盖的区域大约有100公顷。

城堡设有两个主要入口：一个是兹瓦特棱堡的大门。兹瓦特棱堡是城堡现存最古老的建筑物之一，始建于葡萄牙人占领时期。古城堡用一系列交叉的道路系统构成严谨的网格状布局，带有巴洛克风格的大教堂位于城堡中心，是斯里兰卡建造的第一座新教礼拜堂。设计人是建筑师亚伯拉罕·安东尼斯，完成于1775年。教堂采用十字形平面，中厅较长，耳堂较短，教堂未建中心塔楼，但在东西两侧山墙设置了三角形山花，布置有丰富的线脚和双重漩涡装饰，表现出斯里兰卡本土的影响。室内由于朝向西面的长长的竖窗和朝向其他方向的圆窗而显得光线明亮。高高的拱顶天花板饰以天蓝色，点缀以银色星星，表现出深旷的天空图景。室内六角形的布道坛是斯里兰卡布道坛类最好的作品。沿墙则布置有一排排靠背长椅。在教堂地板下建有一座小型墓室，用以安葬教会内的一些要人。

城堡中的重要机构与设施，主要有总督官邸、内阁办公大楼、市政厅、法院、行政官员住宅、税务所、交易所、弹药库、铁匠铺、劳工医院、船工作坊、海军卫队营房、椰子库、制绳场、清真寺，以及各种仓库、地窖等。

城堡中长排的带有陶瓦屋顶的民居面街而建，房子的顶部由圆形砖柱或木柱支撑，临街形成一条游廊。加勒老城的基础设施也很完备，建有一套完整而复杂的排污系统，其特点先是通过风车抽上海水，然后通过输水管导入城中，再通过污水管将污水排入海中。老城另一特点是它完备的防御系统，除城堡外，沿海岸还建造有防御墙，防备来自海上的袭击。

加勒城堡是荷兰殖民时期的要塞，除北部与陆地相连外，东南西三面都临海，如同一只马蹄伸入印度洋中。荷兰人为了防止葡萄牙人夺回戈尔，自1663年开始，沿海岸的三面修建起高六七米的城墙。1873年，当时的英国殖民者为了改善交通状况，在北边的城墙上加开了一个墙门，以便马车通过。这圈城墙及其上的城门，已经被联合国教科文组织列入世界文化遗产。

加勒是一座历史悠久的城市，也是斯里兰卡四大经济重镇之一。最早的历史可以追溯到公元前后的所罗门王朝时期。以色列的所罗门王以加勒为港口，将斯里兰卡的宝石、香料和孔雀运往耶路撒冷。1619年，科恩（Jan Pieterszoon Coen）被指定为荷兰东印度公司总督，他看到了把公司变成亚洲一支准国家统治力量的可能性。为此，他不惜残暴地使用武

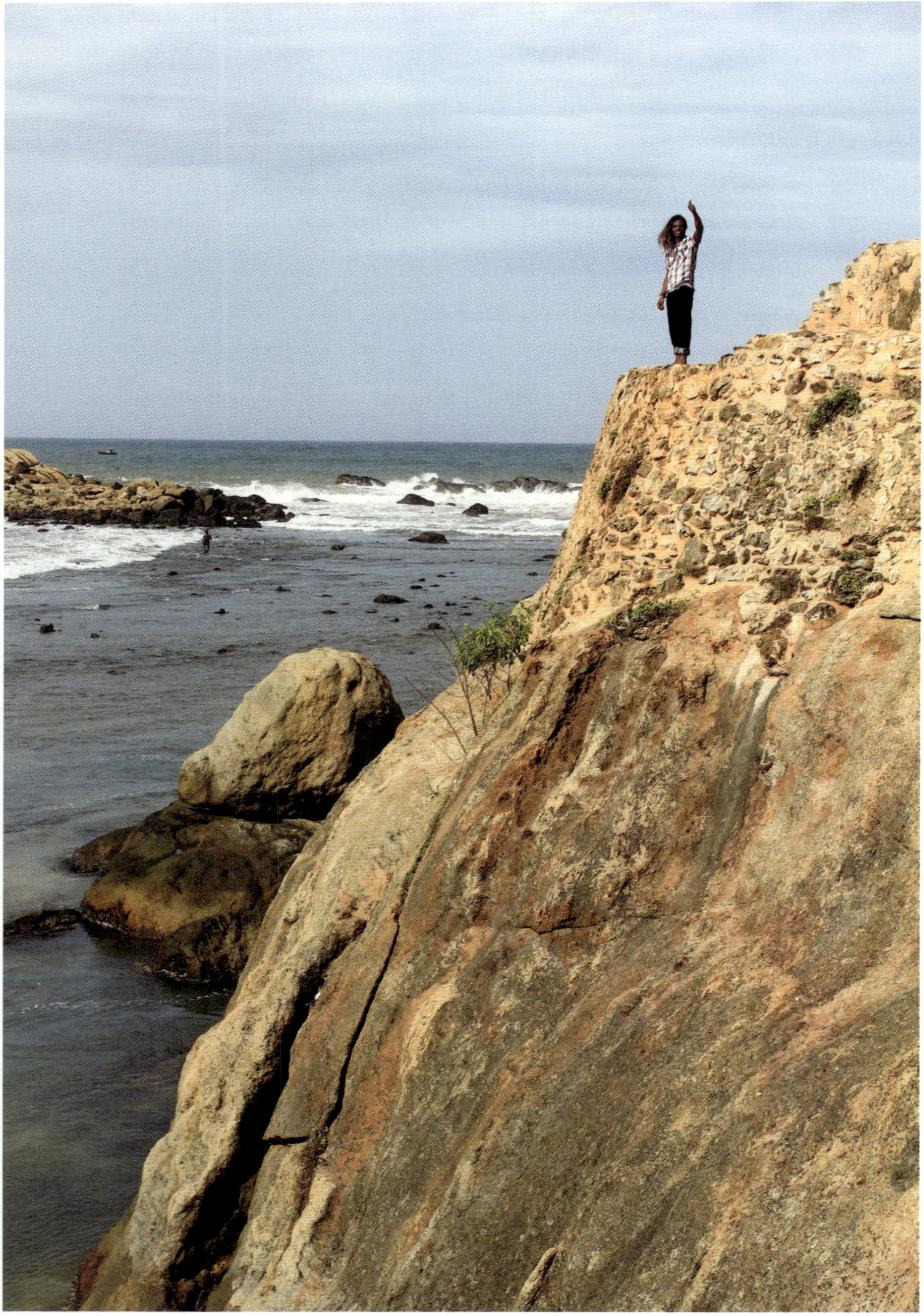

加勒城堡的“跳海耶稣”和他的朋友，在金色的阳光里等待着有人愿意给他们几十美元看他们表演，不过今天的生意好像挺冷清。斯里兰卡加勒 2010年

力。1619年，科恩来到巴达维亚建立了公司新的总部。为了建立对丁香贸易的垄断权，他将班达群岛（Banda Islands）上的原住居民杀死或赶走。科恩第二次成功的冒险是建立起了亚洲国家贸易体系，将其贸易足迹延展到日本、朝鲜、中国等。1640年，公司获得了斯里兰卡的加勒，赶走了葡萄牙人，从而打破了葡萄牙人的肉桂贸易垄断。1658年，公司围攻斯里兰卡首都科伦坡。到1659年，葡萄牙人在印度的沿岸据点都被荷兰人夺去。在加勒的各个城门上方，至今仍然可以看到写有荷兰东印度公司缩写VOC的徽章。

加勒这座小城与中国结缘很早。据中国史料记载，明代大航海家郑和曾于公元1409年、1410年和1416年3次下西洋时访问过斯里兰卡，也就是当时的康提王国。作为印度洋中的重要补给港口，郑和在第3次下西洋时，途经加勒，并且立碑以作纪念，碑文分别用汉语、泰米尔语、阿拉伯语3种语言写成，人称“郑和布施碑”。郑和布施碑当时存放在加勒的某个寺庙中，后来年深日久、兵荒马乱，不知所终。1911年，石碑在加勒的克里普斯路（Cripps Road）被人发现。斯里兰卡独立后，这块碑被送到了现在的斯里兰卡国立博物馆。

努沃勒埃利耶盘山路上的卖花少年

努沃勒埃利耶有宫崎骏笔下神灵出没的多雾山岭，有一条曲曲折折地不断向着下一个山峰蜿蜒游走的公路。

6年前，我在这条山区公路上穿行的时候，曾经给一个斯里兰卡男孩拍过一张照片。那时候他正在陡峭的山坡间狂奔，像只大角山羊那样蹿过流淌着溪水的石头和长满灌木的岩壁，总能在你的汽车驶入下一个拐弯的时候，出现在车头前的薄雾中，高高举起一大捧鲜花在车窗前兴高采烈地挥舞。

这几乎是桩玩儿命的生意，不过那小子居然能做得这么开心。我暗暗思忖过，这样和游客的同情心比耐力，是不是也有世界纪录？不知道这个穿着破烂球鞋的黑瘦的男孩是否计算过，自己最艰苦的一次尝试中，总共挑战了多少个U形拐弯？

6年过去了，我没指望过再见到他，我更希望他的身影早已经消失在前往科伦坡讨生活的茫茫人群里。不过我出发之前，的确又想起了这座幽暗多雾的山岭，往摄影包里多装了一个银色的LED手电筒。

6年过去了，努沃勒埃利耶的茶乡仍然用满山葱绿柔美的茶树和雨林淡淡的清香欢迎我，老邮局的门前仍然孤零零地站着和伦敦街头如出一辙的红色邮筒，Grand Hotel的门童

男孩儿在盘山路上擎起鲜花奔跑的身影，是我对斯里兰卡长久不灭的记忆。
斯里兰卡中部山区某地 2010年

仍然操着相当正宗的伦敦音英语问候客人，小镇边上赛马场的围栏里仍然有健壮的马儿在悠闲地漫步，微雨的英国式天气和淡香依旧的锡兰红茶仍然让人感到清爽和温暖，采茶人的动作仍然像舞蹈般娴熟优美，制茶厂的老旧机器仍然在雨里冒出阵阵青烟；隆隆作响的出料口源源不断地送出琥珀色的茶粉装满一个个硕大浑圆的棕色纸袋，它们也照旧会沿着那条曲折的公路，被送往海浪咆哮的印度洋港口或者科伦坡的机场，宿命般地飞向一家家欧洲餐厅和人家，在十二月大雪的斯德哥尔摩，或者大本钟刚刚敲响6下的伦敦，送出一如既往的幸福滋味。

回程航班上，斯航的个人娱乐系统正在放映新版的《爱丽丝漫游仙境》，电影场景设计得够诡异，但是和斯里兰卡的热带丛林相比，实在不够仙境。

于是我在半梦半醒中给那个傻傻的爱丽丝写了一封短信：

“亲爱的爱丽丝同学，你被那只兔子骗了。你梦中的仙境，其实在一个叫作斯里兰卡的海岛上。下次你去的时候，记得叫上我，我可以做你的向导，而且我还想再去探访以前没去过的雅拉国家公园，那里有这个星球上最大的花豹种群和体形最娇小的南亚黑熊。”

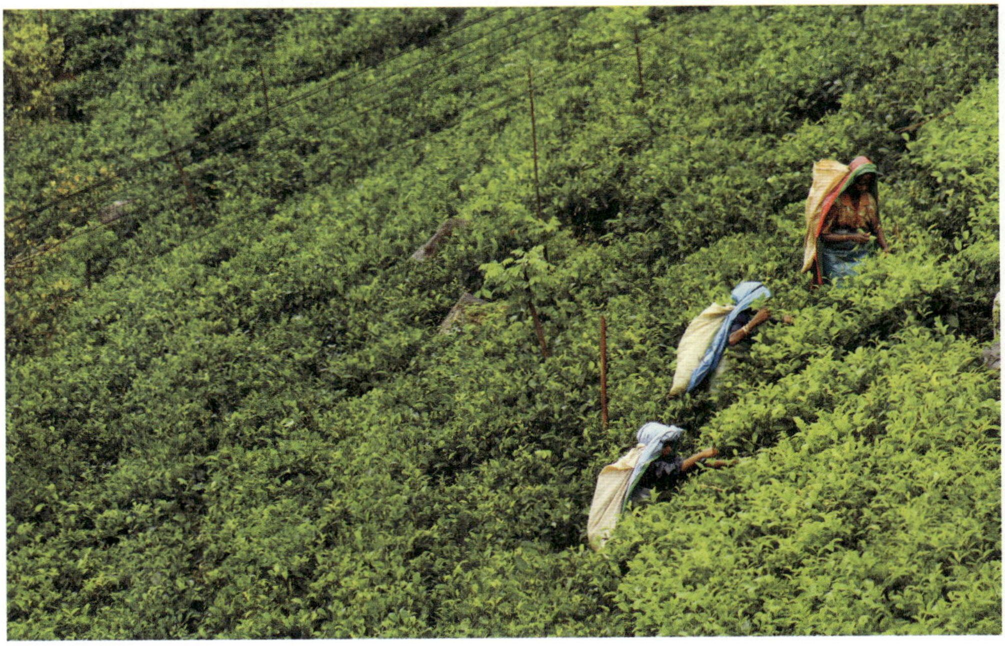

努沃勒埃利耶的小镇，依然萦绕着茶香和殖民时代的悠悠古韵。斯里兰卡努沃勒埃利耶 2010年

吴 哥 慢 镜

一年的忙碌过后，开始渴望假期，不禁想找个地方躲上几天。那个地方应该可以让时间慢下来，有东西值得你对着它发呆；那个地方应该能让你重新感受在城市中已经迟钝的听觉、触觉、嗅觉和视觉。

在吴哥的Banteay Kdei，转过一个路口，走进一个颓败的巨大石门，那一瞬间，我发觉自己站在残破却令人心生敬畏的四面佛浓重的阴影里，在“高棉微笑”的注视下。身后，车水马龙的公路和整个纷纷扰扰的世界仿佛顷刻间被隔绝；面前，只有茂密的丛林，一条盖满落叶的小路很快就消失在丛林中没了方向。一阵清风吹过汗湿的皮肤，几声抑扬顿挫如对话般的鸟鸣，不知名花朵和植物的香气，我刚举起相机，取景器中便出现了一对父子。小男孩瞪着好奇的大眼睛回头瞥了一眼，就扭着光溜溜、黝黑发亮的屁股朝雨林深处走去……我不禁对自己喃喃自语，我要的不就是此地、此刻？

国王恐惧时间，时间害怕吴哥。因为时间无疑可以使它苍老，但是它的苍老比年轻更迷人。

选择只去吴哥（暹粒）一地，是为了让时间慢下来；选择走水路，更是为了让时间慢下来。早在网上做预订的时候，酒店的人就建议我包个“私人小车”，到了酒店还有服务生颇自豪地带我看那辆古旧而有气质的黑色“奔驰”，合一个人才10块多美金，为什么不呢？“湄公快线大巴也不止这个价，你们坐船一人得要25美金，况且现在是旱季，河道水浅，要7个小时呢！而且你没听LP说每年都有人掉下水吗？”听他的解释的确还挺专业。但话说回来，我们还是要坐船！为什么？因为我们就是喜欢慢慢地在船顶晒太阳，在北京憋了3个月的连骨头芯里都变得冰凉的身体，希望被阳光炙烤，晒完这边再涂上油晒另外一边！

柬埔寨·吴哥

他的确是用整个生命来享受吴哥这个失落之城，这座他的天堂。

神迹一般的黎明光线，幻境一样的吴哥王城。仅仅是呆望着，便如同置身天堂。柬埔寨吴哥遗址 2007年

酒店的服务生没辙了，害羞地笑笑去安排了，一如既往地回答："No problem, Sir!"

酒店离码头很近，的确没有想到有这么多游客（特别是中国游客）选择坐船，黑压压一片人头，大家都不顾斯文地往船顶上爬，好像那个光溜溜如鱼背一样玄乎的地方是免费的。等船开动以后，震耳的轰鸣声和游龙一样劈波斩浪的气势，加上窄窄的船舷和短短的扶手更是吓退了更多想尝试的人，但是有一个70多岁的法国老大娘却着实让大家吃了一惊。她先是一屁股坐在本来就狭小的前甲板，像小山一样完全挡住了船长的视线，给他来了个"日全食"，吓得他疯狂地拉响汽笛示意老大娘离开，结果是汽笛声把躺在它附近傻睡的一个欧洲小伙子震得眼冒金星，差点从船顶滚到水里。然后她又颤颤巍巍地走到船舷上，哆哆嗦嗦地往船顶上爬！看上面实在没有位置了，才大失所望地返回船头，然后和同船的乘客唠叨着："我40年前就看了一本关于吴哥的书，一直想来这里，看看洞里萨湖，吴哥寺，还有水上人家……"一边说一边从她已经用得很破旧的皮包里往外掏那本被她翻得更破的穆奥的《暹罗柬埔寨老挝诸王国旅行记》，皮包里大把的药瓶、药盒差点被她带出来弄个"天女散花"。

船渐渐驶出了金边的港口，低垂的云幕下透出朝阳的缕缕金光，瘦高、柔韧的椰树在轻柔的河风里摇摆着。一路上，灵巧地站在细细的船边、驾驶着长艇的捕鱼人不住地向船上的游客挥动着黝黑的手臂，赤裸着身体、同样黑黝黝的胖孩子也不住地挥手、大笑、say hello（问好）。作为一个旅行者，你还能期望什么呢？这不就是天堂？

老外们开始享受他们的天堂，纷纷戴上墨镜，涂上防晒油，开始"烤"。有几个姑娘开始拿出小说、旅行随笔来读，小小船顶一下子同时翻开20多本*Lonely Planet*，相机的快门声此起彼伏，还有人不时拿出他们的Travel Journal（旅行日记）来写。大人、孩子、男人、女人在船顶拥挤摇晃的空间里睡成一片，各自梦见不同的故事。

不过这个小天堂却是以惨淡的结尾收场，因为暹粒的码头景观实在不尽如人意，低浅的河道让渡船像筷子直直地插进芝麻酱一样的河床，螺旋桨搅起的浑浊泥水让人感到一阵阵晕眩。第一个赶来迎接大家的是一只皮毛油光发亮的黑色瘦狗，身材虽好，但它一屁股坐在浑浊泥水里、两眼直勾勾盯着人看的姿势实在不够优雅；此外就是码头上纷乱地争抢客人的Tuk Tuk摩的司机嘈杂的叫喊声，附近渔村飘来阵阵令人反胃的咸湿气息。不过，意外和真实，同样是旅行者所期待的。

吴哥王朝继承了扶南王朝的部分传统——喜欢造山。如同中国的秦始皇和希腊的穆索拉斯喜欢造陵、埃及的拉姆西斯二世喜欢造殿一样，吴哥的太阳王苏耶跋摩二世也有此爱好，不同的是他也喜欢造山，把庙修得像山一样高耸。他的杰作便是吴哥寺。现如今，让苏耶跋摩二世在天之灵非常不爽的事情，是一个小人物代替了无数游人心目中本应归属于他的位置。如果你现在问10个来到这里的中国游客，庙是谁修的，恐怕有9个说不出来；但是如果你问庙堂台阶边上的扶手是谁修的，至少有7个人能含含糊糊地告诉你是一个摔死了女朋友的什么法国人捐的等等。也就是因为这个不幸的事件，爬楼梯成为吴哥最让人心跳的玩法。吴哥的阶梯无一例外地狭窄陡峭，每一级都高30～35厘米，而宽仅10～15厘米，多年的攀爬加之自然风化，很多地方宽度连10厘米都不到，边缘处均成弧状。整座阶梯的坡度约80度，近乎垂直，举目望去，面前仿佛是堵墙而不是台阶，即便是使劲仰着头朝上看，除了阶梯还是阶梯，几乎没法看到上面的神殿。据说这样的设计是为了让人们在颤颤巍巍间更添对天神的敬畏，永远只能匍匐着爬进神的殿堂。我和几个朋友一直觉得柬埔寨应该发起一个吴哥爬楼梯大赛什么的，一定比纽约的帝国大厦爬楼比赛更抓眼球。

柬埔寨人在阶梯下面竖立小牌子，让游客自负风险，而且始终只有这么一条台阶有扶手，这个做法也大大地值得商榷。游客如果不上台阶，显然会留下一个难以忘怀的遗憾；如果他们上去了，这块牌子也无非起到了推卸责任的作用。如果要出事，还是会有人受伤害的。如果想用这种方式吓退旅游者，起到减少游客流量的方法，显然是太天真了，我们就见到一法国大姐在日落前管理员已经禁止游客上梯的时间，死磨硬泡地把护照都押那儿非要爬上去拍个照。管理员拗她不过，也只好让她上去，看她的身手简直如同燕子李三，不过还是替她捏了把汗，不禁又想起了那个在渡船上爬船顶的固执的法国老太太，如果她也要来这么一手，谁能保佑她呢？

早上看日出是在吴哥一定要体验的。在我当旅游记者多年的时间里，绝大多数的风景和人情都是在取景器里看而不是通过肉眼来看的，很多感官享受都被忽略掉了，旅行归来，只有眼

同样是这本书，在河流的陪伴下阅读有何不同？
柬埔寨 2007年

吴哥寺里一条有着凄美传说的石梯。柬埔寨吴哥遗址 2007年

睛、双腿和右手的食指最累，耳朵鼻子嘴才算得上真正的“休假”。我们在小吴哥看日出时遇到的老外不是这样，他们也会早起，甚至比中国人还早，选好一个位置以后就老老实实坐在那里，真像看电影一样目不转睛地看着那代表虚弥山的5个“玉米”，如同天空中有情节曲折的好莱坞大片在上演，老两口或者小两口通常采用相互依偎的姿势，好像怕被音响特效震昏了其中一位似的。他们也很少说话，完全是看、听，就算有人在交头接耳也好像怕吵醒了什么人似的。

早上的时间本就过得飞快，日出时分的小吴哥也正如天空中上演的光影魔幻剧，绚烂的霞光一扫，如火的朝阳便开始照耀着高棉的土地。阳光普照，一切清清朗朗，只能在夜晚的阴影里苟活的种种神秘幻象顿时无处藏身。吴哥再一次从脑海中的神魔幻界、修罗舞台变成坦荡荡的旅游景点和小贩天堂。

“来个面包吧，正宗的法国面包！”一个面容愁苦、声音甜美的高棉妇女头顶着装满法国长面包的大篮子，冲进了我的取景器。我们突然意识到，人是要吃早饭的。

无数人等待着吴哥的日出，其中一些人却毫无防备地等来了兀自洒落的泪水。柬埔寨吴哥遗址 2007年

大气层内的火星飞行

土耳其充满着惊喜，因为我们对它的了解太少，成见颇多。

惊喜之一就是，如果你想亲眼看看火星地表的景观，又不准备承受第一宇宙速度产生的过载，那么，您可以去土耳其试试。

“土耳其中东部是一个探险之地，一个几乎到处充满神奇的地方；这里每一天发生的每一件事似乎都带着神秘的色彩。”这段话是*Lonely Planet*对土耳其中东部的一段评价。

卡帕多基亚的地表怪石嶙峋，形态非常奇妙，身临其境让人不禁觉得和NASA火星探测器拍摄的火星大峡谷的地貌惊人地相似。位于卡帕多基亚地区的埃尔吉亚斯山曾经是一座活火山，火山的多次喷发，使得周围地区完全被凝灰岩覆盖，形成了泥浆和灰烬堆积而成的厚厚岩层。熔岩遮盖了凝灰岩，雨水洪水洗刷了熔岩表面创造出的深谷和岩石裂隙，而斜坡的地方则被刻画成形状惊人的锥体和柱子，加上风力的鬼斧神工，便将其雕刻成土耳其人现在称之为“仙人烟囱”的奇特地貌。

早上4时30分，来自世界各国的“外星探险队员”们纷纷聚拢到热气球公司的办公室，等待着激动人心的清晨飞行。大家首先要签订一份合约，也有人把这个叫作“生死合同”，其实不过是公司的一种安全提示和炒作，我在登顶菲律宾的皮纳图博火山和尼泊尔的珠峰飞行等场合也签过。不过，从世界航空协会的统计来看，热气球是全世界民用航空器当中事故率最低的。

这一个飞行日的驾驶员是来自英国的一家人，夫妻两个和他们帅气的儿子分别操作3只热气球。热气球被捆成一个个大包，和藤制的吊篮分装在3辆吉普车后面的拖车里。一个来自加利福尼亚的印度小伙儿俏皮地把这个东西叫作“火星蚂蚁”。

土耳其·卡帕多基亚

古代隐修者在尖峰上凿出的洞穴早已废弃，向天空张着巨口一般的洞口仍然传来赞美诗的回响。

起飞前，技师检查热气球的时候，从火焰边上向里看多少要冒点儿变成土耳其烤肉的风险。土耳其卡帕多基亚 2006年

大伙儿在热气球公司的办公室就已经混熟了，纷纷聊起在世界各地的旅行和飞行经历。一个据说是在攀登K2的时候失去一只手指的德国大叔甚至给他参加过的飞行观光排出了排行榜，第一名是尼泊尔的珠穆朗玛峰飞行，第二名是肯尼亚的野生动物热气球观光，第三名是埃及卢克索的帝王谷尼罗河飞行。

车队一路开到一座小山脚下的空地上，因为是第二次来卡帕多基亚，我对沿路奇特的地貌已经不像第一次来时那么惊叹，不过同行的伙伴们还是不时指指点点，赞叹这等奇怪的石林地貌实在是“挑战想象力”。跟车一起来的英国飞行员的小儿子和他们的小狗“棒哥”也是一脸老到的沉稳表情，倒是路边摇动的草丛让它有点兴奋，把脑袋和半个身子探出车外，潇洒的小毛发儿随风飞舞。

飞行前的例行准备相当有趣，内容包括介绍飞行的整个过程，如何爬入和爬出吊篮，飞行中大家应该注意保持静止姿势，以及一旦吊篮在降落时倾斜应该如何抓住边沿减缓冲击等等，看起来大家对各种状况都已经胸有成竹、安之若素。然后大家散到一边，看地勤人员有条不紊地展开热气球的充气过程。

地勤人员先用巨大的风扇把气球吹鼓，然后启动燃气装置，点火。给热气球充气的巨大燃气喷嘴发出激动人心的轰隆声，这个装置如同美国海军F-14战斗机的尾喷管，连火焰的颜色也如出一辙，它和藤编吊篮的独特组合又让人联想起宫崎骏动画里那些充满想象力的诡异飞行装置。印度小伙又凑过来开玩笑了：“有人想吃土耳其烤肉了吗？我可是没吃早饭呢！”

卡帕多基亚仿佛地球上的火星，尤其是在这样的早晨。土耳其卡帕多基亚 2006年

英国飞行员一家穿着帅气的黄色T恤制服井井有条地忙碌着，他们的小儿子也颇专业地参与其中，“棒哥”则在一边煞有介事地负责维护起飞场地的秩序，机警地防范企图闯入的兔子和土耳其甲虫兵团。

巨大的气球渐渐“发胖”，宏伟的体量让人肃然起敬，如同第一眼看见雅典的卫城山一样让人激动。飞行员和地勤之间的步话机不时传来咔嗒声和专业术语的对话，我分明听到有人在低语：“好酷！”

气球立起来之后，地勤人员示意大家钻进吊篮。印度小伙儿已经完全进入角色了，冲着大伙儿打出不知道哪里学来的飞行员手势，好像他正在主演《珍珠港》之类的“二战”大片。

热气球升空的瞬间是最“酷”的了。阳光也非常配合地卖力演出，随着高度的增加，对面嶙峋山崖上的颜色也由蓝变红，进而是橙黄、金黄和明黄，怪石的硕大黑影不断退去，耳畔除了风声和燃气喷嘴的轰鸣仿佛还有法国号、巴松管和定音鼓的齐鸣，就像一场完美的交响乐演奏，非常巴赫、非常久石让、非常汉斯·季默。

一旦气球升到一定高度，奇妙的瞬间出现了！因为高度已经稳定，所以燃烧喷嘴会间或停止嘶吼。那个瞬间，你注视着的大地如烈火燃烧，如熔岩奔流，咆哮过后的静默如同更加惊心动魄的乐音，让人呼吸骤停、心跳如鼓。空不异色，色不异空！

停留在空中的阶段，周遭的声音是按照如下的次序轮换演出的交响乐：喷嘴的咆哮—寂静—疯狂的快门声—喘息和感叹—喷嘴的咆哮。交谈已经变成多余的，峡谷、尖峰、刃脊和奇妙的天然石雕完全夺走了人们的视线和词句，光线变化的美丽如同魔法般扫过大地，乌云如同操作着舞台追光灯般戏弄着阳光的方向和人们心绪的起落。听不亦见，见不亦听！

古代隐修者为逃避宗教迫害在陡直尖峰上凿出的洞穴早已废弃不用，为什么面向天空如大张着的巨口一般的洞口仍然传来赞美诗的回响？渺小的人影身着蒙面的长纱穿行在非人间一般的荒野，如同古代苦行僧般传达着无语的天国之爱……

时间，真如白驹过隙，刹那间消失不见，却让人终生难忘。

当飞行的高度渐渐降低，我们又看到挂着拖车的吉普出现在视野之中，甚至能听到“棒哥”兴奋的吠叫，整个人仿佛从天国平安回返。大地的拥抱，何等温暖。

不过，“外星探险队”马上要面对的似乎是更严峻的挑战——我们的降落地点

停止流动的波浪，还是随风起舞的山丘？土耳其卡帕多基亚 2006年

居然是一片瓜田！

金黄的沙土上饱满地稳坐着的是无数漂亮的甜瓜，想到土耳其中部少雨的天气、充足的日照、绵长的无霜期，我们有理由相信，这些甜瓜的味道一定能把我们带入一个味觉的天堂。看看停在远处的吉普车、已经很低的飞行高度和地面上费力地拉着引绳的地勤人员，连小家伙也加入进来帮忙，好像只差让小狗叼着绳子狂拽了。我心头一阵幸灾乐祸的窃喜，不禁动起了歪脑筋："如果我们掉进瓜田，岂不是有免费的甜瓜可以吃了？"我半开玩笑地挖苦帅哥机长。"未必吧。"他微笑着回答，非常英式。

前面的两个热气球已经安全降落，印度小伙儿的那个吊篮有点倾斜，他刚学的缓冲动作一定派上用场了，估计正在得意和炫耀中。另外一只稳当地坐在金黄色的枯草丛中，像一只骄傲地抱着窝的母鸡。现在一干人等早已聚集过来，像水兵入港一样站成一列整齐的队伍，手搭凉棚肃穆地看着我们如何与土耳其甜瓜周旋。

嗓门骇人的燃烧器，是热气球的心脏。土耳其卡帕多基亚 2006年

我们等来了无比精准的降落，飞行员的小狗得到了期待已久的拥抱。土耳其卡帕多基亚 2006年

气氛越来越紧张，引绳也渐渐绷紧。我分明看到德国大叔伸直了用来遮挡阳光的手上清晰的四根手指，居然有个小姑娘兴高采烈地在一旁蹦跳！机长也在静默中发出令人担心的一声长叹……只有“棒哥”如同故宫门前的铜狮稳稳地坐着，一动不动，秀发在空中飞舞。

突然！机长居然又开启了已经停止咆哮的燃气喷嘴，它发出一阵悠长如咏叹调一般的歌声，吊篮随之稍微提升，继而稳稳地悬停在空中，下面正是吉普车后的拖车！

一声接触的闷响，吊篮严丝合缝地端坐在拖车的平板上！掌声四起！

“Bravo! Encore!（意大利语：精彩！加演一曲！）”一定是印度小伙子又在恶搞了。

KYABALLOONS.COM

飘过怪异岩石的那个瞬间，乘客们可以近距离观看古代隐修者的洞窟。土耳其卡帕多基亚 2006年

东京郊外，花海里的1Q84

“村上这家伙，又要弄起那妖魔鬼怪的老一套来了，的确有点儿令人失望。”

去看日本的秋天之前，刚好读到他的新书《1Q84》。小说里，有个用剧毒冰锥消灭恶人的女杀手和一个隐姓埋名、替人捉刀却写成轰动性畅销书的文艺男青年。这两个人的感情，如同见光死的深海鱼类。他们两个，在中学时代有过一场没有结果的四目交汇……读到第19章结尾的时候，我事先预料到一定会出场的妖魔鬼怪又一次如约而至。我下意识地从书页上头抬起眼帘，脑海中，有个身形矮小的中年男人蹲坐在书房庞贝红的墙壁角落里幽暗未明的那个地方，像个渔夫般搓着十指粗短的双手，眼神多少有点儿委屈。

“日本列岛据说生活着600多种妖怪，有确切研究资料记载的就已多达两三百种……日本的平安时代可谓是妖怪文化的鼎盛时期，妖怪从此由单纯的传说变成了一种确确实实的信仰。到了江户时代，经济繁荣更孕育了妖怪文化新的表现形式——绘卷，形成了一种称为‘怪奇图鉴’的表现形式，使形形色色的妖怪走入了千家万户。”鸟山石燕的《百鬼夜行》中文版的前言里这么白纸黑字地写着。

日本人的确是个奇怪的存在，当他们感到生活缺少实实在在的现场感的时候，就常常会诉诸对更加不可理喻事件的探访，比如森然伫立在天海之间，晨昏未分时刻的雾中山岭。那种地方，无论出没什么，总归会触动令日本人兴奋的想象力。

第三次前往日本的念头于是便告成形。

在京都，被当地人叫作“岚电”的岚山铁路站台上，铁路信号灯明灭闪烁，有节奏的警号声沉闷地响起，就像村上春树的小说，在情节舒缓展开的过程中慢慢提升张力，低声预

日本·东京

东京，就是那一艘潜坐在无底深海的巨大的潜艇。

旧铁道和雏菊花，还有勾起回忆的列车声。日本天理市 2010年

言着有什么事情就要发生。我沿着“哲学家小道”一路走来，刚刚造访过龙安寺的枯山水，静谧又有点儿期待的心情如同背上慢慢渗出的汗滴，不期而至。山风吹过，隐隐透着微寒。

站台没有让我失望，给了这种“魔感”最好的注脚。兵库县立美术馆的展览海报上，面目狰狞、穷形尽相的小妖怪赫然在目。展览的题目就叫“妖怪图鉴”。就在不远处，一列小巧的铁皮列车的车身上也涂满了妖怪的彩绘，是“魔域直通车”。车站的反光镜被砸瘪了，映照出变形乖张的自己和候车人群，车厢里赫然贴着另一张海报：“西村京太郎作——京都岚电杀人事件”。日本，还真是像村上小说里叨叨念念的剧情一般，魔感十足。

这些，都不由让人想起村上春树、鸟山石燕和宫崎骏笔下那些活灵活现的妖魔鬼怪来。日本人对妖怪的感情还真是深厚，远不像中国人那样避之唯恐不及。而村上春树却有能力让现实中出现形体模糊又清晰可辨的小个子妖怪，并且让他们显得真实可信。他用妖怪和灵异事件的出现，来表达对现实世界无可奈何的不满足，用这种委婉、曲折而又有趣的方式，释放心中郁结的牢骚和不甘，的确是很多人都需要的。

我本希望，《1Q84》是村上的最后一本书，并且希望他能在这本书中，最终走向现实主义和常理逻辑能够判断、并充满平和阅读乐趣的林间石子路，不过，这位小个子长跑选手似乎决定，继续在他的“魔感马拉松”里跑上不短的路程。尽管人们认为他是稍微脱离日本岛国心态的国际化小说家，但是他对妖魔小鬼儿的爱好仍然顽固。其实，很多在意识领域取得些国际地位的日本艺术家，似乎无一不是“弄鬼”的高手。

《1Q84》第一部的前半部分的确让我产生过一点儿期待，这可能是村上春树这位高产

京都岚山车站上的魔幻景象。日本京都 2010年

站台上的阳光，让思路驰向远方的阴影。日本京都 2010年

村上小说的主人公，似乎都是在成人世界门口犹疑不定的少年。日本奈良 2010年

东京从某种角度看是一座全无个性的城市，从另一个角度再看，也许是一座“魔感”十足的乐园。日本东京 2010年

作家停笔数年以后，写得最为真诚和现实的小说了。

读书的人，甚至能隐约感到他此前的全部小说，都像是为了这部在打草稿、做练习，而且他也少见地以细腻、真实的笔触写起了他自己的文学家生活。更加不同的是，他在故事中仿佛有意向文艺青年们传达着他的工作细节和写作方法，甚至是作为文学家的心路历程，隐约有点儿想把自己的写作诀窍、作者修炼公布在世人面前。

他的小说我并没有每一本都买来看，不过大致上也差不了多少。村上很善于操弄芸芸读者的厌世心和时隐时现、不合时宜的内心幽怨感。荷尔蒙作祟也好，潜意识里挫折感的回潮也罢，总之，人们希望在某个时候，有个什么东西像从天而降的午夜猫头鹰一样，用利爪一把虏获自己脆弱挣扎的心境，悄无声息地将之带上高高的非现实夜空里，用隐藏在厚厚绒羽中的铁喙，不声不响地将其一斩两断！

村上春树将这称为“魔感时间”。这是他能够一展所长的几个小时，通常也就是上班

大德寺龙源院当然是以这颇有几分华夏画风的云龙图为傲，不过背后阴影处的狐仙屏风，的确是中国寺庙里少见的鬼魅题材。
日本京都 2010年

族在星期天下午，不情不愿地收集了洗完的衬衫，又不想马上掏出熨斗来挥汗烫平它们的那个把小时而已。有那么一会儿，就算是虚弱地冒出白色蒸汽的熨斗突然变成轰隆隆的内燃机车，震耳欲聋地朝穿着雪白的衬衫木呆呆的上班族碾轧过来，他们也懒得去躲。在潜意识奔流的私人世界里，和黑黝黝的机车相比，星期一的到来要沉重和阴森得多了。

星期日的下午，绝对是一个微妙的时空。你既希望它能有一小段安静的留白，又极不情愿无所事事地就让它那样从指缝里溜走。星期日的黄昏，片刻不停地流逝，如果搞砸了，便残忍地一去不返，永不回头。

最安全的方法是读村上春树的小说，适度无聊、适度忧郁、适度荒唐又适度的无所谓和吊儿郎当。总之，那种东西就是天生为星期日午后的下半场准备的，说是经典也未尝不可，如果你指的是用来为无处可逃的星期一做热身和准备活动的话。

星期日的下午是现实纠结中唯一属于你自己的那一小段，这如同啤酒杯里最后一层泡

星期日的下午，村上施展魔力的时间。日本京都 2010年

沫存在的价值，是提醒你已经喝过了一杯；这也是机票存根被保留着，没有扔进垃圾桶的目的，是证明你真的去度过假，并且飞过了那么几个小时。在西伯利亚或者是横断山脉的上空，那种时空停滞的不真实的感觉，引擎发出的似乎不被察觉的轰鸣，能让你觉得裹挟着淡淡的乏力和虚无的双层防弹玻璃外面的薄云抑或落日，比起在其他什么地方看到的都更带劲儿。

读他的东西毫不费力，这委实让人佩服。好像他破译了用文字让人共振的频率，能用什么古怪的机器发出和肝脏或者脾脏同样的频率。他能让读者随之微微震颤，又感觉舒泰，不至于震破内脏。他能留下真实落寞的感觉，却不至于留下不堪回首的硬伤。能不能勾起对某时发生过的硬伤的回忆？不得而知。

不需要否认，我其实还是多少有点儿喜欢村上春树小说里的世界：不经意间在六本木酒吧里听到的爵士乐，却不期然带来了21岁那个夏天的回忆；某个女孩子生得有点儿特异的左耳，却反而使她的轮廓更显得清纯幽怨；对电视台咆哮般抛出的重量级新闻不屑一顾，却能执着地珍藏着自己弥足珍贵的小秘密；能平心静气地倾听陌生人千篇一律的抱怨和唠叨，也能一丝不苟地花去大把时间烹煮一顿无人共享的朴素晚餐，然后听着窗外不知从哪里飞来的鸟儿唱着闹钟发条一样古怪的歌儿……

但只要你放下那本书，便会即刻明白，无人能停顿在那样的世界里。星期日的下午，是你唯一能相信村上的时候。

我在东京听到过一个故事，是一个在东京生活多年的朋友告诉我的。说的是一个日本乡下的男孩，兜里揣着叮当作响的几个硬币和对死水一般生活的无数抱怨来到东京。发生在他身上的第一个魔法般的变化，是他刷牙的动作。在乡下老家的时候，他可以尽情挥动右臂刷干净前一天晚上宿醉留在牙齿上的怪异味道，而到了东京，他只能在狭窄的洗手间里拿稳牙刷，靠摇动脑袋的动作来清洁牙齿。

而且，他要为失去敏锐的味觉这件事烦恼。于是，他不怎么再抱怨。

我听到这个故事的时候，正在新宿一家普普通通、随处可见的面馆里吃晚饭，餐馆里装备了不锈钢制成的料理台、蒸烤箱、排烟机和各种粗大管道，工作一丝不苟却让人感觉疲惫麻木的年轻日本厨师，表情也像不锈钢一样透着金属的硬朗和冰冷。这些冰冷得像潜艇船舱一样的金属质感，让我毫无预兆地想起自己看过的几部潜水艇电影。这仿佛是战争片中被制片人认为屡试不爽的好题材，潜艇悄无声息地潜航在海底，那冰冷黝黑的诡异身影，让人感觉每一寸钢板都在传达着焦虑与压

一丝不苟的年轻日本厨师，表情也像不锈钢一样透着金属的硬朗和冰冷。这些冰冷得像潜艇船舱一样的金属质感，让我毫无预兆地想起自己看过的几部潜水艇电影。日本东京 2010年

力。更重要的是，潜艇狭小、压抑的空间，透露着人们对人生最大的恐惧：被无声无息地压碎，消失在世界的角落，无人知晓，无人凭吊。

东京，就是那一艘潜坐在无底深海巨大的潜艇。其他灯火通明的大都市，又何尝不是？

乘新干线从金泽到东京，恍若功率骇人的音响被毫无预兆地从巴赫突然换成了枪炮与玫瑰。头脑不适应，心灵更加如此。尽管是第三次造访，但是那一刻的我，用崩溃来形容亦无不可。我用尽全力，回想京都寺庙里的山水和岿然不动的翠绿松树，仍然徒劳。尽管火车站的广播里传来的仍然是不带任何情绪的刻板日语，但是只要看上一眼东京街头那密密麻麻、蝼蚁一般突然冒出来又面无表情顷刻间不知所踪的茫茫人海，就足够让人脊背冒汗，头皮发麻。菩萨和阿修罗那悲天悯人的凄苦面容，最适合面对这样的生灵们。

日本动画导演押井守说日本人缺少“生存的实感”，于是他拍了一部画面精美的空战动画片，向人们演示即使拥有不死之身，也未必就能无所畏惧。东京人尤其如此。因为每天要经过东京都厅附近的地下通道去坐火车，上班时间出去，下班时间回酒店，可能是出于巧合或者是因为游客的路线和上班族的正好相反，我一直感觉自己是面对匆匆人流，逆势而上洄游的鲑鱼一般。东京上班族的表情，着实让人

上：置换空间或味觉这种事，对于我们来说，甚至没有昆虫有能力。日本奈良 2010年

下：无数冲向东京寻找梦想的日本人，都会偶尔回忆起同样的家乡小镇，同样的田园风景。日本京都岚山 2010年

感到自己正身处一条冰冷的河流，木然的一张张面孔，提线木偶一样的机械步调，我仿佛感到自己已经灵魂出窍，浮游在几万英尺的漆黑夜空里，向下凝望着无数宇宙中的基本粒子，在徒然地做着纷乱无序的布朗运动，或者在一锅烧开的热水上呆望着那些莫名冒出的细小气泡沸腾翻滚。他们会在一大早群集在书店反光刺眼的大玻璃后面，翻看漫画周刊，许久之后继续上班的跋涉，仿佛是在拖延进入办公室的时间，但是下班之后，他们又会重复同样的事情。这令我心生怜悯，因为上班和回家，对他们来说仿佛都需要逃避一下，然后才能打起精神，慷慨以赴。

在东京待上一阵你就会明白，东京人的确是需要村上春树的。而我们，又何尝不需要？

坦白说，我对村上春树作品的喜欢，远不及我对他这个人憨厚人品的认同。说他写得不够好，我于心不忍，说他写得很好也的确有点儿违心，因为他最大的问题恰恰是绝大多数读者最大的期待。村上这人，总是魔幻得太随意，也总是写不好结尾。不过人生委实就是这样，再好的开篇，也不见得一定能写出一个满意的尾声。我相信有这感觉的人当中，既包括只拿小说当作周日下午对生活的犀利锋芒暂避一时的读者，也包括拿小说真当回事，将希望寄托于通过写字，能让人们在百年之后记得自己，并对这个令自己不甚满意的世界做出一点儿有益贡献的人。魔幻，可以是认真的作者明哲保身的深思熟虑，也可以是缺乏想象力却强占人们眼球的那部分“写手”欺世盗名的“皇帝新衣”。既然写字的人可以讥讽读者缺乏想象力和“对艺术的鉴赏力”，当然也要允许看书的人读完那些还未合上硬皮烫金的封面就开始担心有巫师小鬼半夜飞出来吓着小孩子的“玄幻小说”，说一句“不知所云！”

不是读者容不得这种灌水充字数的小说，而应该是作家自己。

村上春树写过一本关于奥姆真理教制造东京地铁沙林毒气惨案的纪实作品，这本书是我最期待读到的作品，因为它无疑是作者鼓足勇气向现实领域做出的一次尝试。可能也是这本书以及写这本书的过程，改变了他很多。在《1Q84》中，我们仍然可以隐约感到那个过程对他的影响。是那件事变成了他后来写故事的素材，还是他后来写的故事，成了提醒人们不要忘记那件事情的备忘录？不得而知。

小说《1Q84》的主人公之一，漂亮沉默又一击致命的女杀手青豆，有种对中年秃头男人的偏好，如村上所说，她喜欢头骨形状好看的中年秃头男人，我不知道这是村上对某个真实存在的女性的描摹还是抒发“娱乐精神”。“人到中年两不堪，生不逢时死不甘”，这话

菩萨和阿修罗那悲天悯人的凄苦面容，最合适面对这样的生灵们。日本东京 2010年

我是从一部香港电影里听来的，村上描写青豆的这种偏好，对很多中年男人来说倒可能是真实地让他们暗爽了一下，他们恐怕是希望这样的“致命天使”真实存在的。中年男人的焦虑和折腾，其实源于主流声音对他们施加的扭曲人性和不切实际的要求和压力：干大事、挣大钱、娶大美女……辗转地“奋斗”了多年，人到中年的时候终于开始认清生活的一点点真面目，为很多别人眼里的成功埋单付账之后，终于发现那不是自己想要的……

村上春树耍了个小聪明，《1Q84》虽然大张旗鼓地出版了，但是没有结尾，甚至连最终会出版多少部，都留给了热切的人们去猜想。我嘛，当然在等着、犹豫着要不要看第三部。是不是他自己也意识到了自己一贯的缺陷——结尾总是让人失望，但是他至少还在尝试用善良的人性唤起人们对美好的向往，将解决纷乱社会问题的希望寄托在人性和良知之上。他不像现在铺天盖地的媒体头条，散布的尽是令人坐立不安、茶饭不思的危机感，仿佛只有看到别人睡不着觉才能让注定到来的末日显得不那么绝望。埃里克·维纳在他2007年出版的《世界上最幸福的地方》一书中这样调侃道：“媒体惯于报道坏消息：战争、饥荒以及好莱坞情侣最新的分手动态。作为媒体大军中的一员（注：作者本人曾经是一名记者），我不能免责。我并不想耸人听闻，可是，上帝明察，全靠这些坏消息，我才得以混口饭吃。可以肯定，记者的确用手中的笔为世人描绘了一幅扭曲的画面。”

而村上，至少在几十部小说里塑造了几十个“千篇一律”的主人公，而他们千篇一律的“自在感”不仅仅来自他们如出一辙的“准宅男”身份，他们整齐划一的对爵士乐和独自烹煮意大利面条并且独自享用的爱好，更来自于他们齐刷刷的对社会主流、媒体、公认重要的东西的漠视。

至少村上没有安心做一个不用天天通勤的“静态小说家”，而选择用自我惩罚一般的跑马拉松来平衡自己，他把这叫作“作为选择对象的磨难”；至少村上会对写小说感到不满足，不够挑战，甚至不够“有用”，所以用采访调查沙林毒气事件来为自己的社会贡献率做“增值劳动”；至少他始终没有放弃过自己为主人公们创造的“理性又固执”的遁世态度。这有点儿像我希望在东京街头，而不是在《蜡笔小新》里看到那个整天在嘴边挂着“我是天下第一的拉面师傅”的老头一样。这辈子只求做一件小事，只求把这件无关大局的小事做到极致，这是我欣赏的日本人。

日本的浮世绘画家葛饰北斋也说过：“6岁起我就喜欢画各种东西，我画过很多的画，但70岁之前的作品都不值得一提，希望我到80岁能有点进步，90岁时能明了事情的深意，100岁时，我的作品会很棒，到了110岁，每个线条，每个笔触都会充满了生气……”这老头就这样每天修炼着，他的《富岳三十六景——神奈川海浪》简直成了代表日本文化的视觉符号，但他不够走运，只活到89岁。村上天天长跑，而且似乎比北斋更固执，很多日本人的成功，都是来自这种“一根筋”的固执和坚持。

村上在他的《当我谈跑步时我谈些什么》中写道：“无论何等微不足道的举动，只要日日坚持，从中总会产生出某些类似观念的东西来……一些无甚大不了的玩意儿，确实是我通过实实在在地运动自己的躯体，通过选择的磨难，极其私人地感悟到的东西……这，就是我这个人。”

反正跑步不需要昂贵的设备和人群海啸一般的掌声，反正跑步不需要打扮招摇、背景不凡的对手和米其林公司的大把赞助费，想必村上大可以坚持下去。在这一点上，跑步和写作正有共通之处：只要自己能够满意，不关别人事，做给自己看

无处不在的满天神佛与无处不在的移动电话。日本东京 2010年

就好，更不要管那些嘈杂的书评家如何去给你的书贴上花哨的标签和注解。作为一个读者，我期待着村上的89岁。

我最终放弃了葛饰北斋这个老头儿的召唤，没有去看大名鼎鼎的富士山，而是搭火车去了东京郊区一个叫“高丽”的地方，原因是我和太太在新宿地铁站看到了另一幅魔幻般召唤我们的海报。

早就听说日本人爱美又固执于细节，他们精心地发布“樱花情报”和“红叶情报”告诉游客几月几日樱花开到了哪里，几月几日秋叶又染红了谁家的后山。樱花和秋叶我们没能赶上，所以看到海报上预报东京郊区的花海此时风华正茂，便染了日本人对季节流转之爱，抱着一期一会的心情，去看那花海。那种鲜红如血、让我们为之割舍了的富士山花，有个我们闻所未闻的名字，叫“曼珠沙华”。

这花的学名叫作“红花石蒜”，如果你在网上搜索，会看到不知是哪个匿名网民写下的这样一则描述：“曼珠沙华，血红色的彼岸花。相传此花只开于黄泉，一般认为是只开在冥界三途河边、忘川彼岸的接引之花。花香传说有魔力，能唤起死者生前的记忆。由于花和叶子不能见面，叶落花开，花落叶发，永不相见，在日本传说中便带上了死亡和分离的不祥色彩，就像命中注定错过的缘分。永远只是一次又一次的错过，彼此相知，却两不相见。”

这不能不让人联想到日本人的鬼魅情结，不能不让人联想到《1Q84》里头青豆和天吾那一段两不相见的爱情，至少我看到第二部结尾的时候，这两个幽怨情人的状态仍是如此，而且场景定格在青豆把冰冷的左轮手枪对准自己的瞬间。说是机缘巧合也罢，说是日本这哀怨的水土必定养育出村上这等“鬼才”也未尝不可。反正有那么一个片刻，我又为自己可能猜中了村上那“老套”却又老能套住读者的故事情节而窃笑了。就去看看这不祥的花朵吧，至少，它很美。

日本人钟爱这诡异花朵，钟爱到何种程度我们一到高丽车站便一目了然。站口赫然贴着大号的招牌，上面的日历用黄、红、绿分别代表初放、盛放和过气，而且每块花田里花朵的开放程度还被分别标示。在我们到达这天的空格里，赫然标示着：盛放。

这极尽细致的花期预报，还真是很日本。

大片火红的花朵，从河边一直铺展到树林深处，灿烂地在阳光下闪烁着耀眼的如火光芒。这哪里是死亡的血色？这哪里是花叶永不见面的凄凉？这分明是生不逢

上：老人与狗在同一株花前，所感定当不同。日本东京 2010年

下：花田间出售自植绿茶的农户，做着营生的神情有些许禅定般的从容。日本东京 2010年

拍摄旅行照片的技巧？在坏天气里千万别收起相机，这种时候，照片不仅能拍到图像，还能让人听到雨滴的声音，闻到青草的香味。日本奈良 2010年

时的天才花朵，等不及绿叶的帮衬，急匆匆冲出地面，拥抱温暖秋天午后的最后一缕阳光。

旅行总能带来这样出人意料的古怪灵感。“目的地，永远不会是一个地点，而是一个新的视角。”关于旅行的目的，我同意亨利·米勒所言。

疏影横斜的林间空地里密布着曼珠沙华，看得久了，的确会恍惚生出些诡异又魅惑的忐忑。日本东京 2010年

不对“主流”趋炎附势，不断对“常理”提出质疑，用自己的眼睛去看，用自己的双脚去走，不祥的彼岸花也好，“风景变了”的《1Q84》也罢，村上想说的，其实都在小说第一章的标题里：青豆，不要被外表迷惑。

我们没有看到声名显赫的富士山，却在血红的花丛里度过了一个安静美好的下午，身边围绕着那些给自家两条小狗穿上情侣装的普通主妇；围绕着轮椅上昏昏欲睡着，来赏这“死亡之花”的安详老人；围绕着自豪地放声夸赞自家新茶或者牛奶冰激凌“日本第一”的昂扬小贩……陈升有首歌里这样唱：“秋天的蝉，只能活七天，但是它们，都爱唱歌。”

我们两个飞过大海来看这怪异花朵的怪异过客，对着空空的遥远苍穹，乞求美好的人不要都离去，乞求美好的时光不要成为传奇。

焚城烈火巴伦西亚

“这地动山摇、兵荒马乱的季节，还能不能安心出发去旅行？”

对于一直向往着长路尽头那些未知的际遇和风景的我来说，少有哪个问题能像这样让我无从答对。突然间又想起这问题的时候，我正在满心期待地赶往巴伦西亚，要去看看这个世界上最不可思议的狂欢——巴伦西亚法雅节。在一个西班牙小城的咖啡馆里，我看到电视上播放出日本海啸的画面。照片上可怕的巨大漩涡，顷刻间席卷了西班牙和欧洲其他国家各大报纸的头版；电视新闻里，浓黑色的浪头顶着缓缓移动的烈火和倾颓的房屋遗骸，滚滚前行。日本列岛古画里的魔鬼仿佛一齐脱狱而出。

这时节，的确让人困顿苦恼。旅行者最爱的大海，不再让人联想到温柔，阳光失了温暖，蜜糖不再甜腻，仿佛连盐也失去了咸味。地震海啸和种种灾难在前，尽管总觉得事情应该没那么戏剧，不过还是难免脊背发冷。人们刚刚学着用旅行来抚慰自己因争名逐利而波折不断的内心，却陡然发现，面朝大海之时看到的未必都是春暖花开。

起初我很担心，在金融危机、西班牙经济萧条的背景下，法雅节的规模和气氛会丧失殆尽，但是，我错了。在巴伦西亚的那短短几天，我如愿看到了人们脸上和从前一样的兴奋和虔诚。身着中世纪华丽裙装参加法雅节游行的女人们，仰望巨大的“无助者的圣母”雕像，脸上同样流淌着泪水，尽管这泪水的滋味是否与以往不同，或者更加一言难尽，我不知道。

这是巴伦西亚人精心策划的一场烧遍全城的大火，每年要花费几百万欧元巨资实施。他们要花上一整年的时间创造出一个华丽的全新小世界，然后在一夜之间，用一把大火将它彻底焚毁，重新再造！巴伦西亚人如此周而复始地保持了近百年。

西班牙·巴伦西亚

也许越是仓皇心焦的时候，就越免不了想要彻彻底底地崩溃一下？

在纷乱的世界中，依然能互相聆听。西班牙巴伦西亚 2011年

这时候的人们，的确需要固执地坚持那些昂贵而美好的梦想，我们需要让脑海里有音乐，让血管里有烈酒；让他们去争论成与败，让我们分享美与爱；让他们去编织阴谋，让我们满足于简单和直白。像短暂的烟火，像泥沼中的白荷，像风雨中的车站，像炮火间隙的恋人对彼此说：此刻，让我们跳起舞来。

我们需要相信，世界完好如初，我们不过是与充满温情与灵性的美好一切失联了那么短短的几天。

都严肃点儿！人家这儿正恶搞呢！

西班牙历来以爱狂欢、爱犯险的性格让人刮目相看。塞维利亚的“四月节”上，人们穿上盛装，骑着骏马，沿街舞蹈；潘普罗那的“奔牛节”，人们和愤怒的公牛赛跑，痛饮整瓶红酒，让冒险家海明威也深受震撼、血液沸腾；距离巴伦西亚仅40千米的布诺，每年8月更是会摇身一变，从一个乏味的工业小镇，变成血淋淋的“番茄大战”阵地……而这一切，都不及巴伦西亚。他们选出全城各区最优雅而富古典美的女人和少女，鼓号喧天、不眠不休地歌舞游行；他们每天点燃无数震耳欲聋的鞭炮；他们搭建起鲜艳风趣的巨型人偶，美得让人目光呆滞，却在一夜间将它们纵火烧光；他们沿街架起巨大的平底锅，让原产于巴伦西亚，却获得西班牙国菜、享有世界声誉的海鲜饭的香味飘满全城；更让人不能错过的是，“火节”也是整个西班牙最夺人眼球的斗牛季节的开始，任何时候来西班牙看斗牛，都不如

佛罗伦萨的大卫雕像是巴伦西亚的法雅艺术家们最钟爱的题材，他在旁边山姆大叔的感召下，吃了太多的甜甜圈和美国快餐，一直引以为傲的健美身材完全走形，被活生生撑成了一个超重的胖子。西班牙巴伦西亚 2011年

巴伦西亚的3月18日，因为全西班牙最好的斗牛士将在这里的斗牛场上，奉献今年的第一场演出！

巴伦西亚的“火节”，真名叫作法雅节。法雅节在每年3月12日–19日举行，历时近一周。所谓“法雅（fallas）”，是指色彩鲜艳的木头或纸雕人偶。虽然巴伦西亚人每年都用这种看似没心没肺的顽童式“恶作剧”来庆祝他们的传统节日，但他们也通过法雅来表达自己的心声，并且因为通过纸人来讽刺名人、针砭时弊而扬名天下。在历年的法雅节上，他们嘲弄过不少新闻界的宠儿，其中就包括美国的黑人总统奥巴马。

起初，我很担心在金融危机、西班牙20%的失业率和主权信用危机甚至国家破产的背景下，法雅节的规模和气氛会丧失殆尽。要知道，最贵的法雅，单个造价就超过120000欧元。但是我错了，走出火车站的那一刻，我就知道我错了。满街满巷到处灯火辉煌、音乐悠扬，刚一回头我就被攥着酒瓶、拢着姑娘细腰的宿醉少年撞了个满怀，整条大街上到处都是狂欢的人群。也许越是仓皇心焦的时候，就越免不了想要彻彻底底地崩溃一下吧。不过巴伦西亚这种娇憨傻笑的表情，的确能使人片刻忘记了所有的不愉快。世界越动荡，越能发现让自己安心的小把戏，绝对算得上一种境界，把自嘲和自娱的能力当成人类借以自救的美德，绝对算不上溢美之

街道万人空巷，广场阳光灿烂，大家一起抬头仰望，瓦伦西亚人恶搞的功力发挥到极致，这个世界上一年之中发生的一切，他们都用精美的法雅，来发表自己的草根意见。西班牙巴伦西亚 2011年

词。管他呢，反正火节里的巴伦西亚，正是我这个自私的游客所希望的样子。

当橘色的阳光穿破连日来笼罩西班牙南部的积雨云，我又一次站在一个高大的法雅下面傻笑起来。白胡子老头肩上站着个中国髽髻娃娃，高高在上地打着太极拳；脚下站着的圆胖相扑手，表情愤懑地摆出决一死战的架势；干瘦的交通警察正在给超速驾驶的美国大叔开出一张张罚单，从裤子一路贴到了鼻尖儿。我不懂西班牙语，不过西班牙式的幽默，哪还用得着解释？

佛罗伦萨的大卫雕像是瓦伦西亚的法雅艺术家们最钟爱的题材，曾经连续不断地出现了好几次。今年，他在旁边伸出食指大声说“I want you！（我需要你！）”的山姆大叔的感召下，吃了太多的甜甜圈和美国快餐，一直引以为傲的健美身材完全走形，被活生生地撑成了一个超重的胖子，连身上的大理石都碎成了哥窑开片。大大的黄色字母M，显然不是因为收了麦当劳的赞助费而显眼地高高挂在那儿的……

当然，西班牙人的幽默有时候也绝对是“少儿不宜”的。比如巴伦西亚人也这样讽刺无孔不入的电视，中年猥琐男在沙发上傻乎乎地拼命按着遥控器，最后变成了浑身结满蜘蛛网的僵尸叔叔；一家三口在肥皂剧中号啕大哭，身后的煤气灶上已经燃起熊熊大火；偷看成巴伦西亚法雅节的精神是：我创造的，也由我毁灭，随你评说。他们烧毁用一年时间创造出的精美纸雕，这就像斗牛，像赏樱，像即兴的爵士乐，像弗拉明戈的悲怆，像一场昆曲的余韵绕梁，像是「一期一会」的美感，不留半点残念的觉悟和果断。西班牙巴伦西亚 2011年

ABC

人节目的“西班牙版蜡笔小新”脱下裤子亮出小鸡鸡，他长满雀斑的顽劣妹子则在一边把倒霉的黑猫像拧毛巾一样拽得眼看就要断气……

巴伦西亚有一座小小的“法雅博物馆”，里面收藏了历年法雅节的冠军作品和大量记录往年盛况的照片，一路看下来，巴伦西亚人的恶搞功力的确是在随着法雅节的发展而步步高升。起初，法雅只是表现市井百态、日常生活，但是随着时光的流逝，他们开始越发辛辣地讽刺自己看不顺眼的各种现象。在“二战”期间的那几年，他们没有讽刺过希特勒，也许是因为那时法西斯扶植的佛朗哥政权当政，他们是纳粹的盟国。不过也就在那时，巴伦西亚接纳了来此避祸的毕加索名作“格尔尼卡”。尽人皆知，这幅画是公开声讨支持佛朗哥的纳粹空军轰炸西班牙的杰作，而那时的毕加索正流亡在巴黎。德国占领巴黎之后，一个纳粹军官专门负责监视毕加索这位秘密加入共产党并且终生都没退过党的“顽童艺术家”，军官拿着一张印有“格尔尼卡”的明信片问毕加索：“这是你的杰作吧？”毕加索回答说：“不！这是你们的杰作！”这可算是毕加索90多年漫长的艺术人生中最著名的一次“恶搞”，不过这恶搞的水平，的确是让人无话可说的。

现在的巴伦西亚法雅艺术家们，可以一边创造出精美绝伦的幻想世界，让小鹿班比和白雪公主在其中无忧无虑地尽情玩耍，一边公开地恶搞奥巴马和Facebook（脸谱网），也可以发表他们对中国崛起和金融危机的看法。就像毕加索在评论“格尔尼卡”的时候说过的：“我不是一个超现实主义者，我从来没有脱离过现实。我总是待在现实的真实情况之中。”

每年参加法雅人偶设计和施工的艺术家，也都是经过“法雅委员会（Falla Committee）”严格挑选的认证艺术家。在巴伦西亚人看来，他们是传统的传承者，也是城市的骄傲。他们的辛苦工作和天才创意是巴伦西亚精神的至高体现。从他们的作品在3月19日被焚毁的一周以后，他们便开始为下一年的狂欢重新开始创作。每个艺术家首先要创作一幅草图，经过评议决定法雅人偶的主题，并拥有冠名权。在巴伦西亚，最有名的法雅艺术家，如Jose Soriano Izquierdo，不仅是居民们心目中真正的明星，他们作品草图的发布，也成为居民们每一年都热切期待的盛事。在巴伦西亚，甚至有一本专门为法雅的设计、评选、讨论而出版的当地杂志，叫作“El Coet”。一旦设计通过，艺术家们首先要制作一个“迷你版法雅”。这个小法雅，是制作全尺寸法雅的依据，也将在全尺寸的冠军法雅被最终选出并焚毁之后，光荣地入驻“法雅博物馆”并被永久保留。法雅的施工则是仰赖于全城的众多雕塑家、木匠、画家和漫画作

巴伦西亚位于西班牙南部，这里是弗拉明戈的故乡，也是骄傲热情的斗牛之乡，法雅节的雕塑中，当然少不了这两样西班牙的国粹。西班牙巴伦西亚 2011年

者日复一日共同精雕细刻的艰苦劳动。而且，随着每年重大新闻事件的发生，法雅的设计和创意也要随之调整和丰富。这也正是法雅节真正源流的体现。

相传，"法雅"一词源自摩尔人统治巴伦西亚时期的古代阿拉伯语，后来进入了13世纪的拉丁语词库，写作Facula，意思是火炬或者薪柴。16世纪的法雅，也的确只是涂上了沥青的木棍火炬。对法雅节这一传统贡献最大的是当地的木匠。当时，每年冬去春来的时候，木匠们都要收集并且焚毁一个冬天的工作产生的刨花和零散垃圾。从1497年开始，不知是出于哪个木匠师傅的灵光乍现，人们开始用点燃篝火来纪念木匠们最崇敬的人——耶稣的"养父"圣·约瑟夫——那个少言寡语、宽容勤劳的木匠。可能是街区上淘气的少年们为了凑趣搞怪，纷纷拿来家里的废弃物一并举火焚烧。天长日久，人们渐渐对这种有点儿古怪，又有点儿乖张的仪式发生了日益浓厚的兴趣，把它当作了发挥创意的宣泄渠道。不知哪一天，有人制作了调侃泄恨的人偶来一起烧掉。1889年，法雅节上出现了第一个政治讽刺人偶，从此一发不可收拾，木匠除旧布新的随意之举成为了全世界游客都愿意漂洋过海来围观的幽默节日。巴伦西亚人作为地球一隅的普通小人物，从此拥有了表达自己对世界时局的观点的奇妙机会。

法雅美女们，要坐着睡觉

法雅节，其实是女人的节日。

女人，多少有点儿小公主情结，面对巴伦西亚火节上"公主大游行"的阵仗，看到女人们优雅地接受着全城的欢呼与掌声，相信每个女人都会感慨，生为巴伦西亚的女人，的确是非同一般的幸福！能承受这种幸福的，也绝非是一般女人。

从节日的第一天开始，全城每个社区选出的"法雅美女（La Fallera Mayor）"身着华丽优雅、光彩照人的中世纪传统服装，代表自己的街区出席各种名目繁多的庆典活动。实际上，早在每年的一二月间，社区的"秘密评审团（Secret Jury）"就会选出本地公认最具气质和最美丽的女性担当这一重要角色，同时还要选出一名年龄在十几岁的"法雅小美女（Fallera Mayor Infantil）"和她相伴出席各种活动。

一连3天，我们每每和一眼望不到尽头的游行队伍不期而遇，心中就不免生出强烈的感叹，巴伦西亚的女人着实有着异于常人的坚韧和优雅。究竟是什么样的精神力量在支持着这些女人？对于一个游客来说，实在不得而知。要知道，在长达一周的时间里，她们每天昂首阔步地行进在大街小巷，与狂欢的人群一齐放声歌唱，旋转着、舞蹈着，绽放出最美的笑

法雅小美女像鲜花一样绽放笑容。西班牙巴伦西亚 2011年

“亲爱的老婆，你在电视上看见我啦？我向圣母献花的造型很帅吧？”西班牙巴伦西亚 2011年

容与人们合影，这的确是需要强大的内心力量。

其他的不说，单是将浓密的长发在两鬓梳理成盘蛇一样的两个圆形发髻，再配上十字架一样交叉的金色家传发簪，穿上内外多层的华丽服装，披上光彩夺目的披肩和绶带，戴好名目繁多的首饰配件就要花上个把小时。一次，我们看到有一名法雅美女在我们投宿的酒店大厅正要出门游行，旁边有位看似美容师的小伙子一丝不苟地做着最后的检查和调整。我半开玩笑地随口问前台的姑娘：“她们每天这样梳妆一番，很辛苦吧？”“当然咯，有的姑娘为了不破坏行头的效果，要坐着睡觉呢！”姑娘出神地望着昂首挺胸的背影，眼神里充满温情。我得寸进尺地追问：“这套行头，要花去她们多少钱呢？”小姑娘开心地笑笑：“很多东西都是祖传数代的呢，所以嘛，这是她们每个家族的秘密！”

3月18日晚上的圣母广场（Plaza de la Virgen）是鲜花的海洋，长达整整两天的“向无助者的圣母（Virgin of the Helpless）献花”活动达到高潮。“无助者的圣母”是巴伦西亚的守护神，圣母的雕像怀抱着圣婴，长长的裙摆内部用木架搭成，外部被无数红色和白色的鲜花缀满，精心设计的图案如粉红色的山间浮云，环绕在高耸的圣母腰际。几名拼花匠人在一位长者有条不紊的指挥下像舞蹈般手脚不停地紧张工作着，每当他们当中的传递者接住圣像台基下的助手抛上来的花束，现场便会响起阵阵的相机快门声、欢呼声和如潮的掌声。

「无助者的圣母」是巴伦西亚的守护神，圣母的雕像怀抱着圣婴，长长的裙摆内部用木架搭建，外部被无数红色和白色的鲜花缀满，精心设计的图案如粉红色的山间浮云，环绕在高耸的圣母腰际。西班牙巴伦西亚 2011年

各个街区的法雅美女在旗帜和硕大花篮的带领下，围绕圣像款款行进，从青涩少女到妙龄女郎，再到盛装的雍容少妇和脸上流淌着热情泪水或者洋溢着慈爱微笑的老奶奶，甚至有在婴儿车中叼着奶嘴酣睡，却也同样一丝不苟地身着超小号盛装的婴儿，每个人的进场和亮相都会博得同样经久不息的掌声，人们高声呼唤着自己街坊的名字，不住地舞动双手向他们街区的骄傲致以敬意。女人们把大束的鲜花抛向圣母，也把如初见情郎般的笑容送给高高在上的圣母，双手合十，祈祷所有的无助者，在这一刻得到上天的救赎与抚慰。

根据巴伦西亚市的官方统计，3月18日晚上的这一场盛装游行，有9万人参加，其中包括2.5万名盛装的女人，2万名同样隆重打扮、明显不会得到同样多的欢呼、却仍然心甘情愿作为“绿叶”陪伴出席的男人，还有3万名儿童和阵容庞大的8000人乐队。最不可思议的，是仅仅在这个晚上，就有2.5万千克之巨的鲜花被送到圣母广场！

在远离喧嚣人群的市中心，角落里有一个铁皮制成的小小花店，上了锁的玻璃门后面，几十盆不起眼的美丽花朵仍然带着花匠下班前喷洒的水滴，在彻夜点亮的灯光下默默舒展着娇嫩的花瓣，无声地微笑着……

彻夜燃烧，直到每个人都忘记黑夜

3月19日夜，绝对是巴伦西亚全城的消防队一年中最警醒的一夜。因为这一夜，城市要迎来真正的火海。

我在巴伦西亚旅游信息中心提供的“法雅地图”上数了一下各个街区的法雅数目，当数到36的时候我放弃了，我知道自己绝对不可能一一参观所有的法雅雕塑了，3天时间根本不够！可以想象，遍布城市各个街区的法雅在午夜12点同时燃起大火的时候，巴伦西亚的消防队会是多么的忙碌。

法雅节来到巴伦西亚，无疑要面对交通堵塞、人头攒动的景象，特别是“焚偶之夜”的19号，绝对是万人空巷、人声鼎沸的不眠之夜，每个游客都知道这是一场转瞬即逝的迷幻狂欢。过了今夜，巴伦西亚将会变成另一座城市，宁静、祥和，和欧洲大多数城市一样悠闲而令人心平气和。但是3月19号的夜晚，鞭炮、焰火、歌舞声和欢呼声响彻夜空。今夜，无人入睡。

巴伦西亚火节的夜晚，鞭炮、焰火、歌舞声和欢呼声响彻夜空。今夜，无人入睡。我们需要让脑海里有音乐，让血管里有些烈酒。西班牙巴伦西亚 2011年

鞭炮用来庆祝，火焰用来告别，法雅节的最后一夜，人们焚烧人偶，向过去的美好一年说再见。西班牙巴伦西亚 2011年

对于大多数城市来说，这样诡异而危险的狂欢是不可想象的迷梦，特别是当我们站在即将被焚毁的巨大人偶下面，等待着这一时刻的时候，场面变得更加出乎意料和不真实。因为我们看到，在慢吞吞地做着点火准备工作的，居然是一群看来十分吊儿郎当、毫不靠谱的普通居民！

尽管来巴伦西亚之前我看过不少关于火节的纪录片，不过在焚偶之夜的画面上出现的，从来都是头戴钢盔、手拿消防水龙头的专业消防员，他们如临大敌地向火焰喷射着水柱，训练有素地控制着火势，看着巨大的美女妖娆地倒向火海。但是现场的情况却是：几个戴着眼镜、脖子上系着传统格子领巾甚至还叼着香烟的平民，把连着导火索的大型鞭炮拴在造型乖张的卡通人物的脖子上而已；他们甚至因为导线不够长而返工了好几次；最后还漫不经心地把导线的一头随便拴在了还亮着的路灯上面！

苍天在上！消防队在哪儿啊？你瞧瞧，所谓的焰火居然就用几个沙包简单固定了一下，而且，那不过是普通的蹿天猴和闪光雷之类的玩意儿！这简直还不如北京春节时老百姓买来放的东西专业。不远处的工作人员居然还因为一点儿芝麻小事和过路的小青年掐了起来，好在只是脸红脖子粗地撕扯了几下就被模样像是街区总指挥的大叔制止了。我开始暗自琢磨：是不是真要有好戏看了？我环顾四周，设计了一下一旦发生混乱时自己的最佳逃跑路线。

火节绝对是个不折不扣的“烧钱游戏”，巨大的人偶光施工费用就动辄上万欧元。我站在那个被美国快餐撑成个大胖子的“大卫雕像”下面算计着，全城几十座法雅的费用就相当可观，而且每个法雅都要经过精心设计的专业布光，即便不用三脚架和闪光灯，游客们也能拍到漂亮的照片。这都要花去大把钞票。接连一周的大规模游行庆典，每天下午两点响彻全城的鞭炮燃放仪式，相信不光听上去像伊拉克战场，闻上去也像。如果列个开支表，估计也是个类似军费开支的大数目，再算上交通管制、消防队运作、各种街头演出、应急处置……而我们在巴伦西亚度过的无比尽兴、春风得意的几天，不过是花掉了几间相当于国内二级城市三星级宾馆价格的住宿费，几十块钱交通费和饭钱。说实话，在大名鼎鼎的西班牙海鲜饭的故乡，大快朵颐的确是件很划算的事情。除此之外，基本上是不用掏半个子儿的。这趟旅行，简直比北京人去参加大兴区的“西瓜节”贵不了多少，但是要说节日气氛和“表演嘉宾”的专业程度，绝对是世界级的。要是这么算账的话，巴伦西亚人绝对是赔大了。

我正在这么瞎想着，消防队员终于出现了。不过等等，他们居然只是看了一圈儿，跟“总指挥”闲聊了两句就走开了？消防车呢？水龙带呢？头盔也没戴？这也太不上相了吧？我无意间抬头望向天空，本来是想看看上帝有没有在那上头关照这即将失控的场面，结果无意中发现，棕榈树本来像华盖一样伸展的枝叶居然已经被用绳子束缚了起来，红绿灯居然也被摘掉了。原来，街区居民早有准备！尽管没有架势十足的专业人士，但这么看来，安全多少还是有保障的。

“焚偶之夜”从晚上8时前后开始，先是焚烧各个街区的小号法雅，作为整个节日高潮的预热，“法雅美女”和“法雅小美女”这时候便开始忙碌起来，她们要负责点燃熊熊燃烧的火焰，表情羞涩的“法雅小美女”显然对这喧腾的场面还有些胆怯，在“街区总指挥”的再三要求下，才战战兢兢地“放起火来”。接着，孩子们在她的带领下，围绕着火堆歌唱、舞蹈，街道上到处是热情的拥抱和幸福的泪水，仿佛她们完成了一件伟大的事情，仿佛整个世界的阴霾一扫而空，仿佛是她们代替超人再次拯救了地球。

不管亚洲人的矜持是如何根深蒂固，亲临这样的节日总归能让人感受温情和愉快。想象整个街区的邻居们经过了一年漫长而郑重其事的准备，其间一定穿插着多多少少的趣事和可爱而郁闷的小波折。她们终于一起走到了这一晚，朝着同一个目标努力，想必会使人们的心更贴近，想必会使原本陌生的人们彼此了解、认同并找到相互依存的温情。回忆起儿时的情景，北京大院儿里、胡同间的人们也曾经同坐在一棵大树下摇着蒲扇家长里短地闲聊，但是比起巴伦西亚的街坊们，或者我在斯里兰卡邂逅过的为佛牙节那一晚如何装饰大象而争吵的黑瘦乡民，抑或那几位一本正经地为京都“祇园祭”上的抬神轿游行而流着汗拼命训练的日本壮汉，我们似乎真的少了点儿对节日的狂热，少了点儿为了某个代价不菲却所获不多的梦想的执着。能让大家聚在一起的机会，恐怕只有吵闹的摇滚音乐节和春节的饭桌了吧？

响亮的鞭炮一路燃响，火焰顷刻间炙烤着每个人，热力穿透胸腔直达后背，法雅节的大火终于烧遍全城。疯狂、激越又混合着小小邪恶的恐怖感，席卷着每个人。但是每个人也明白无误地感觉到，整个冬天郁积在身体里的寒意和陈旧念头，仿佛也在这顷刻间，振翅脱离，直上夜空。人们不断拥抱，不断流泪，彼此祝福和告别，坚定地许愿明年会在法雅节上把黑夜照耀得更亮。

街角烤肉店的电视屏幕上接连不断地播放着全城各处的狂欢和画面，在世界其他地方不断传播、不断带来恐惧与退缩的战争新闻、海啸画面全都消失无踪，丝毫没有打扰巴伦西亚那位“无助者的圣母”脚下快乐的人群。

孩子们围绕着火堆歌唱、舞蹈，街道上到处是热情的拥抱和幸福的泪水，仿佛她们完成了一件伟大的事情，仿佛整个世界的阴霾一扫而空，仿佛是她们代替超人再次拯救了地球。西班牙巴伦西亚 2011年

火山今天几点喷发？

有一座火山会天天喷发。我们的星球上，就是有这样真实而且荒诞的事情存在着。

2008年10月，我和太太再一次飞往意大利，旅行目的与以往不同：一来趁自己还年轻莽撞，见识一下每天都会喷发的活火山；二来是想重访我们度蜜月的国家。

亲眼看看红热的岩浆喷出山顶，像美丽的焰火一样射向天空，是我一直以来最不着边际的梦想，我甚至把它写进了我的一本小说里头。这次，我决定让梦想入侵现实，努力完全不去想被自己带来的会是好梦，还是噩梦。

火线之旅

7年前，我和太太在意大利度过了我们冬天里的蜜月。到达那天，距离欧元叮当作响地上市使用还有15天的时间；距离现在，则是隔着美国航天局的电脑也记录不完整的段段往事。

第一次听说斯特龙博利岛（Stromboli）上的火山，是在一部叫作“勇闯天涯”的纪录片里面；第一眼看见那个除了一整座火山之外空无一物的岛屿就爱上了。在空中飞行的海鸥看来，岛上羞涩的村落和零零落落的白色房子被火山挤到海边，仿佛时刻准备着跳海逃生。

但是他们莫名其妙又胆战心惊地坚持了下来，没有走，就这样过了几百年。

我们的旅行线路是这样的：北京—罗马—米拉佐（Milazzo）—斯特龙博利岛—萨利纳岛（Salina）—利帕里岛（Lipari）—米拉佐—墨西拿（Messina）—陶尔米纳（Taormina）—卡塔尼亚（Catania）—罗马—北京。

意大利

你一定会在整个身体的微微颤
抖中回答自己一个简单的问
题，就一个：值不值得？

斯特龙博利岛的居民几百年来一直住在每天喷发的火山脚下，每天都能听到火山发出的隆隆低吼，看到火山口腾起的阵阵浓烟。小镇修葺得清新明快，色彩艳丽的墙面和种满三角梅的庭院一派快乐的地中海风情，不逊于希腊的蓝白小镇。意大利斯特龙博利岛 2008年

火山海岛之外，没有包括太多地点，罗马和陶尔米纳我们7
光以外，也是为了安排线路方便。我们想把尽可能多的时
小镇，听任它们带来过去的回忆。不做过细的安排，也许

大利除了精美绝伦的古迹和清新淡雅的乡村与海岸，还有
山之路。

往拿波里附近的庞贝古城，看看维苏威火山（Vesuvio），
得永生的古罗马城市，然后享受附近美丽无比的阿玛尔菲
人想必已经从那部《托斯卡纳艳阳下》里看到过，不需我多
伊斯基亚岛更是曾经诱惑古罗马国王放弃过王位。乘上南行
博利岛挑战自己的勇气，攀登每天喷发的火山口，看看造物
主燃放在那夜空里的“焰火”。附近的几个海岛，靠往来的水翼艇彼此连接着，海面上微微起伏的是看不见的航线，清幽碧蓝的海水让人恍若回到田园渔歌的时代。接着前往陶尔米纳，住进意大利最美的山城小镇，远眺云层里的埃特纳火山——欧洲最大、最残暴也是最美的火山。再随风南下，就是曾经被埃特纳毁灭殆尽、又浴火重生的城市卡塔尼亚，城市里埃特纳大街的尽头，赫然是直上云端的火山，如通往天国之梯。

提前两个半月实际着手操作，5年以前开始心驰神往。这次旅行因为相比以往各次形形色色的旅行更加特别，所以自开始就没有寄希望于求教别人，只是自顾自一厢情愿地编了大

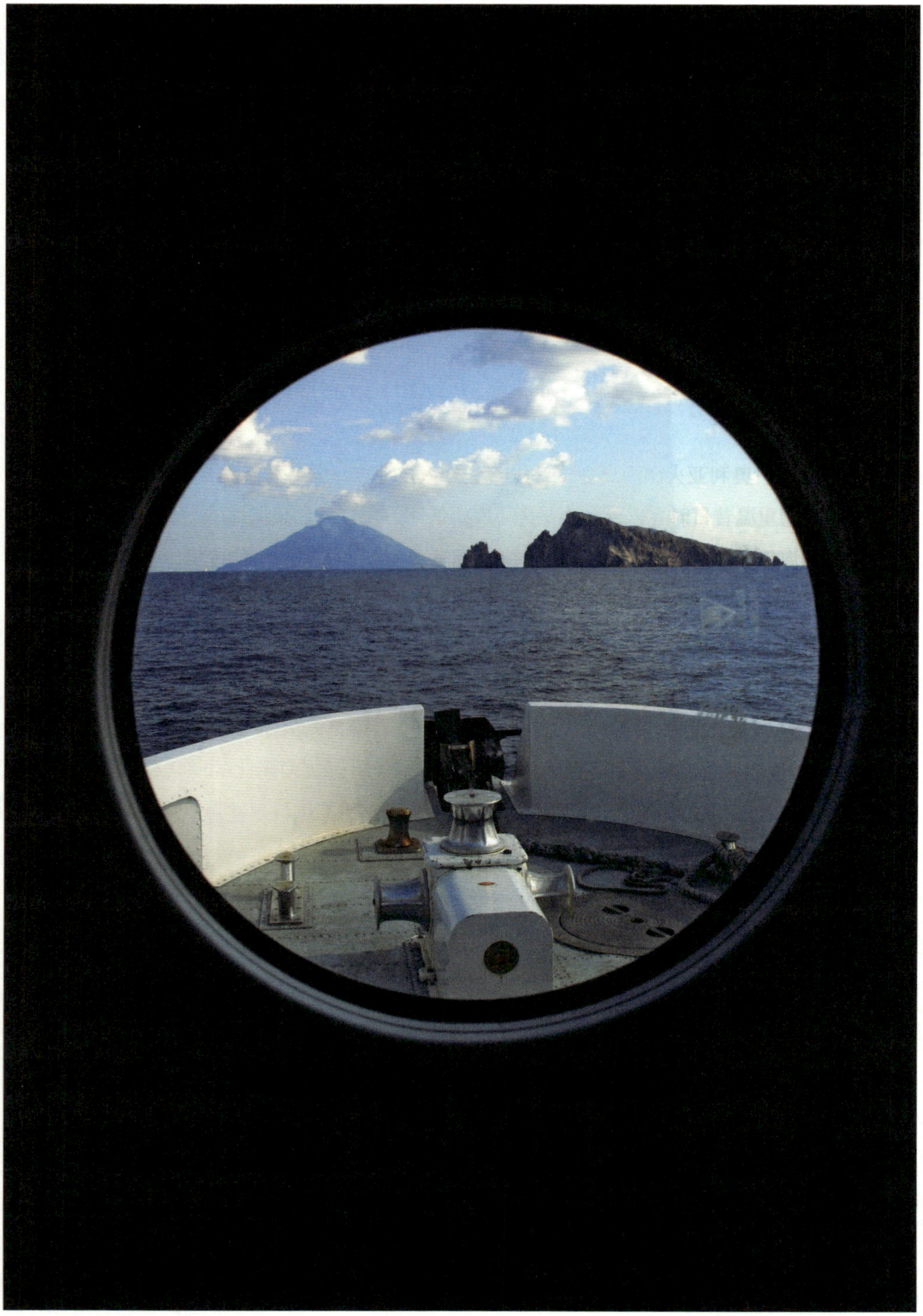

从海轮的舷窗望出去，左边的斯特龙博利岛和右边的利帕里岛完美对称。两座活火山岛，活脱脱是魔鬼展开的双翼，她身形火辣，笑容诡异地欢迎你来到「地狱之门」。意大利伊奥利亚海 2008年

概过得去的行程，一意孤行地出发。反正，对我们来说，登陆斯特龙博利岛，爬上火山口，旅程即可告完满结束。其他看到或者没看到什么，做什么或者不做什么，都可以一概不盘算得失。

如前面所说，这样的想法足以证明我仍然“年轻莽撞”，值得为此高兴。

虽然我和妻子7年之后重访意大利的目的是挑战一下自己和每天都会喷发的斯特龙博利火山，但是因为航班的关系，我们的第一站还是罗马，况且，你怎么舍得路过这位意大利最有魅力的“女主人”家门前而不进去喝一杯Espresso，享受一下意大利式的热情呢？

阴沉的夜晚，两个人走在微雨的罗马，看着身边走过的印度人、斯里兰卡人、巴基斯坦人热络地打着招呼，听着印度甩饼快餐店里盘碗碰撞的叮当声和笑声，并没有如预想的那样回忆起7年前的往事，走过中国人经营的一排排面孔和内里都出奇相似的服装店，一路直到灯火辉煌的角斗场。

下雨这件事，对于罗马好像一直是神秘嘉宾，来得快，去得更快，属于夜的惊喜。在阳光普照的第二天，不留一丝痕迹，遍寻不着，回归艳阳高照。

梵蒂冈去过了，角斗场也参观过，连《罗马假日》里安妮公主周游罗马的路线，也在7年前就细细走过了，所以这个好日子，我们并没有什么特别的安排。

唯一想看的就是上次没有来得及细看的卡比托利欧博物馆（Musei Capitolini），这座全世界最古老的国家博物馆，有大名鼎鼎的“罗马母狼”。

但是，罗马真的是一座会像小狗一样亲吻你双脚的城市，再沉重的双脚，只要踏上罗马的土地，都会变得步履轻盈。两个快活的人又走了一次西班牙台阶，轻松地穿行到许愿池，看着阳光下的法国大叔，在老伴儿还没有准备好相机的时候，就把一大串硬币潇洒地扔进泉水里，硬币闪着光，在空中划出完美的曲线，都没来得及在入水前互相拥抱一下，唱首分别的歌。

两个散漫的远游客，又晃晃悠悠地走过万神殿，不期然，差点错过了“真理之口”的大门。这一次，我太太决定用排队等来的几秒钟，仔细端详那张留下过美好故事的沧桑的脸，而我却拍下了她背对着“真理之口”戴着白色草帽的轻盈背影。印着教皇彼得二世微笑的明信片，上次没有来得及在梵蒂冈寄出。那次在人头攒动的广场上，我们看到教皇走出圣彼得教堂的窗口，面对泪流满面的少女和老人，慢悠悠地做他的圣诞节弥撒，如今把印着他照片的明信片投入梵蒂冈邮局鲜亮的黄色

去往『地狱之门』前，面对『真理之口』。意大利罗马 2008年

大家都喊着要养生的时代，我觉得更该养心。这画家，就很养心。他身边盛放着夹竹桃，手里拿画笔，眼前心底只有风景。要知道，他面对的是欧洲最高也最活跃的火山埃特纳！今早听说它又喷了。记得火山脚下旅店的前台告诉我，火山一有活动迹象，他们就发邮件给熟客，电文很简单：美女醒了。意大利陶尔米纳 2008年

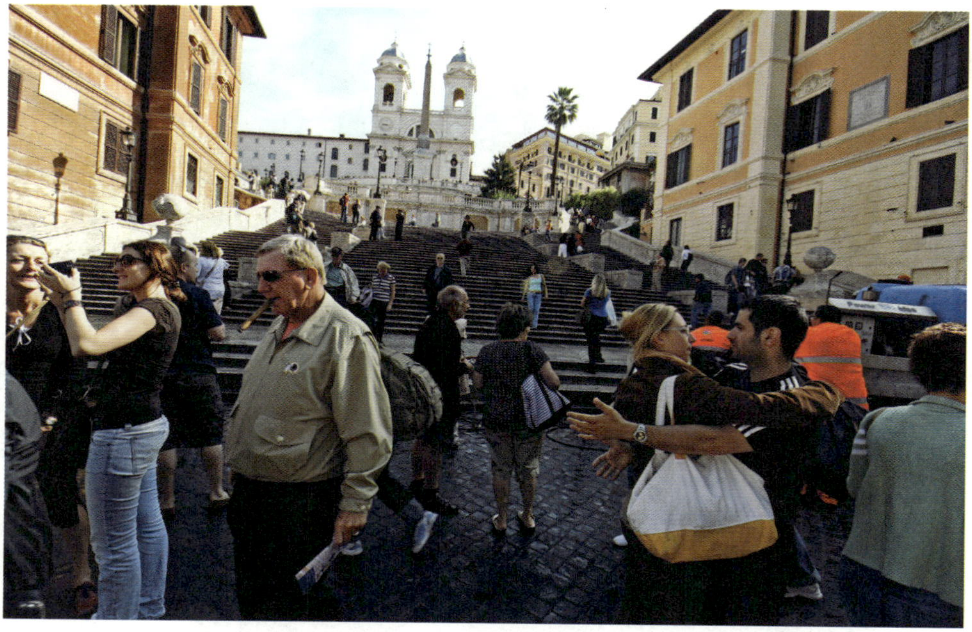

在西班牙台阶，无论相逢或者告别，都值得熊抱一下。意大利罗马 2008年

信筒，微笑依旧，故人已逝。

在丘陵上俯瞰罗马的天际线，仍然是同7年前一般无二的场景，只有近前几个写生的少年，又换了一张新的草稿纸，光洁雪白，未着点墨。

卡比托利欧博物馆门票8欧元，参观时间两小时。罗马地铁公交通票花去了4欧元，换来了一天的轻松，只是要记住意大利文的站名得花上一点心思，好在只错过了一站。午饭还是许愿池边上那家外卖比萨店的“玛格丽塔”，店里的少女已经变成孩子的妈，不过我太太还记得她。比萨的味道仍然不错，价格从数不清有几个零的里拉，变成了4.8欧元。梵蒂冈的明信片只要区区半个欧元，邮寄费却要0.85欧元，不过想想它去往中国的两星期漫漫长路，确实比我们来到这里的路费要便宜出很多。

罗马，是要用脚来丈量、用心来慢品的城市，只要有耐心和时间，你不会错过什么。

入秋的清凉夜晚，我们居然还有体力和心情去拍西班牙广场和许愿池的夜景，和白天

在罗马的低矮的山丘上写生，绝对是人生快乐的高峰，因为在这里做这事儿，谁都会有胆色恍惚一下，觉得自己的艺术人生前途光明。意大利罗马 2008年

一样热闹、欢快的街道，完全没有秋夜的寂寞，倒是多了孟加拉人叫卖着闪着蓝光飞向天空的荧光小飞碟。

我们到底会不会看到那焰火般射向天空的美丽喷发？还是个未知数。

没有地狱，天堂便不值得期待

日本人赏樱花，中国人赏牡丹；苏东坡赏西湖，郑板桥赏墨竹，我赏火山。为什么？因为那里最像地狱。为什么？因为没有地狱，天堂可能便没有人期待了。有多少清平世界里的男人爱看战争小说，就有多少风华正茂的少女苦读爱情悲剧，大抵都是这个道理吧。

不满足，往往是原本的美好变作悲剧的开始；不满足，也是挫折不断的人挣扎向前的动因。你说，它是福是祸？

一念三千，但这一个念头朝哪里去动，当真值得好好琢磨。

利帕里岛民房墙壁上的壁画不亚于柏林墙涂鸦的调侃功力。为了防止立体几何考试不及格的游客撞上墙壁，一条『舍己为人』的大狗特地选择睡在墙边。你踩到狗腿的时候别忘了说『对不起！』，不会说意大利语的话，英语也可以。意大利利帕里岛 2008年

米拉佐是前往伊奥利亚海岛（Isole Eolie）的门户，当地的海港边上有两家渡轮公司的售票处，分别是Siremar和Ustica，票价都差不多，因为喜欢Ustica长着鸥翼的水翼艇，所以选了它。

伊奥利亚群岛主要有斯特龙博利岛、帕纳雷阿岛（Panarea）、利帕里岛、乌尔卡诺岛（Volcano）、萨利纳岛、菲利库迪岛（Filicudi）和阿利库迪岛（Alicudi）组成。斯特龙博利岛有每天喷发的活火山和孤岩上漂亮的灯塔以及黑色的沙滩；帕纳雷阿岛是富人们的豪华游艇的避风港，也是几座岛屿中消费最贵的一个，还有经营海岛观光的直升机公司；利帕里岛是岛屿间的中转站，也有色彩鲜艳、小店遍布的小镇；乌尔卡诺岛上有座休眠火山和火山泥浆湖，是洗泥浆浴放松旅途疲劳的地方，英文里“火山”这个词也是从它而来；萨丽娜岛上有漂亮火山土壤的葡萄园，出产美味的葡萄酒，还有一座面对鹅卵石海湾的、沧桑的海角灯塔。岛屿西部的悬崖小镇美得惊心动魄，是观赏地中海日落的浪漫所在。菲利库迪岛和阿利库迪岛是岛群最西部的两座死火山岛，也最为幽静、淳朴。

渡轮一天有好几班，但是最好坐早上7时20分的那一班，正好能在正午以前到达，早起在码头上看看朝阳和浮云也是一件很美的事情。船票要提前一天预订好，船上不提供午餐，自己带点儿三明治和小菜，漂在水面上吃早餐和午餐有很开胃的海景可看。

酒店的海景非常漂亮，正对着孤岩上的灯塔，火山的风景更是想躲也躲不掉的。不过，酒店并不在港口附近，事先和他们通个邮件，酒店会派车来接，或者乘坐岛上很个性的三轮摩托，10欧元就到酒店了。酒店修建得像一个花园，处处繁花似锦，有一口小小的水井和几张英格丽·褒曼和罗塞里尼在这里拍摄《火山边缘之恋》（*Stromboli*）时的老照片，两人来这里拍了那部电影之后，便不可救药地爱上了对方。莫不是夹在火山和大海之间，只能像盯着电影屏幕那样目不转睛地久久看着对方，觉得还是尽快表白的好？

酒店有两个漂亮的海景餐厅和一个小小的图书馆，海边天台上的躺椅和藤制的沙发分别用来观赏无敌海景和火山风光。一个大大的望远镜用来看夜晚天空上密密麻麻的繁星，无事可干的时候可以下海游泳，或者用火山浮石被海水打碎后变成的黑沙子盖住身体晒太阳，和已经爱上很久的那个人重新谈个恋爱也未尝不可。

斯特龙博利火山高出水面924米，有数条线路可以登顶到达火山口。导游会根据天气和人数进行选择，多半是选在下午4时以后出发，晚上9时半下山回到镇上，到达火山口时正好是日落时分，观赏红日入海和红热的岩浆喷出火山口是都有了深沉优美的天幕做背景，红光闪烁的岩浆跳出火山口，显得格外耀目。

探险公司会给登山者提供这么几项装备：看上去像矿工使用的头盔和头灯、口罩、登山靴（一定要高筒的），留下护照，权充押金。普通登山鞋也可以勉强应付，休闲鞋和高跟鞋免谈。一定要带上件防风的厚衣服，向导还会建议你带件备用的T恤衫，等身上穿的那件被汗水湿透了以后到山顶上去换，不过山顶冷风凛冽，没遮没拦，换或者不换是个考验。探险公司还会给登山者提供护目镜、手杖和能讲意大利语、英语、法语、德语、西班牙语的专业向导，日语和中文他们不说的。

向导当中，有个一把胡子的老头儿，叫作Mario Zaia。据说是国宝级别的，“25年前随着风来到斯特龙博利岛……整个伊奥利亚群岛的每个人都认识他（说真的，是每个人），如果世上没有这个人，整个世界都会邀请他来到世上。”探险公司的小册子上这么写着。他已经带人爬了20多年的火山。

每个登山者至少要带上2升淡水，千万别带可乐什么的，在山上打嗝会引起大喷发（说真的，是笑声大喷发。因为到头来，每个人都会累得够呛，连话都懒得说，一队人马安静得像特种兵），带上个汗巾和几个能量棒或者巧克力也是有必要的。

上山的路线要穿过三种不同的地貌。山脚下是树木掩映、荒草长得高过头顶的小路，路边你会看到生长在意大利的竹子，不过完全不像中国古画里那么中空外直、刚劲有节，而是乱蓬蓬地长向天空，远远看去活脱是意大利式的草率造物，仿佛达·芬奇没有画完的风景画草稿。再向上是怪石嶙峋的砾石路段，山风开始变得严肃而冷漠，脚下的石头像是浮在地面的棋子，又像是随时会从你落脚的地方逃开的大群老鼠。所以，你务必要看清脚下再把性命交托给随时可能背叛你的地面。最后是松软的火山灰路段，即便不是教徒，你最好也要祈祷上帝，别让你在这段路上碰到下雨！到了这里，你会闻到呛人的硫黄味道，听到狂风在耳边呼啸，你会知道自己绝对不是来这儿度假的。尽管那可能是你在山脚下小镇的海边充满幸福感地晒着太阳、喝着马提尼或者摩卡奶昔时脑子里唯一的念头。

一辈子大概是70万个小时，从北京飞来意大利的时间大概11个小时，从罗马到这里大概需要48个小时，上山3个小时，下山3个小时，停在火山口目瞪口呆，半个小时。

来自世界各个角落的火山爱好者，或者是火山恐惧症患者，都聚集在斯特龙博利岛火山口，满足自己最终的梦想，抑或直面自己最大的恐惧。不同颜色的头盔代表不同的登山队，既可以防止旅行者被凌空而下的熔岩砸伤，又能方便向导清点自己队伍的人数。意大利斯特龙博利岛 2008年

你一定会在整个身体的微微颤抖中回答自己一个简单的问题，就一个：值不值得？

斯特龙博利岛火山已经持续活动、间断喷发了3000年，基本上天天如此。但是你在那儿的半个小时里，能否碰上晴朗的好天气？能否看到灿烂的海上日落？能否在烟雾翻滚的火山口，赶上火山的暴脾气发作，把焰火一样绚烂的熔岩狠狠地、痛快得让人落泪地射向暮色沉沉的天空？哪怕只有一次——这仍然是个巨大、神秘、无可争辩的未知数，不确定。

登山途中也没有什么趣闻：累得双腿里像有两把刀错筋断骨不算；看见山脚下的小镇转眼间消失在浓雾里不算；看见红色的蜥蜴不算；抬头看见山脊上的一队登山者、被高大云层辉映成完美剪影的时刻不算；在接近山顶的时候因为脚下突然感到大地的微微震动而心跳加速、肾上腺素分泌成喷泉不算；耳畔传来火山口喷发时上帝清嗓子一样的隆隆声不算；觉得肺里被火山烟尘和呛人的硫黄填满，一咳嗽就会吐出一个水泥浇注的雕像也不算……只有当你回到小镇子里，四肢瘫软地牛饮一大杯可乐，浑身轻松、耳边生风、飘飘欲仙的感觉才算。

如果你和我一样有幸前往斯特龙博利岛旅行，去圣·维森索小教堂拜访一下画面上这位『意大利第一饶舌牧师』是很不错的体验。记得替我向他问好，就说我们在火山上迷路的时候，是循着他长篇布道的唠叨声才一路找到小镇的。意大利斯特龙博利岛 2008年

当时我们和一同登山的其他人中途走散，天空群星闪烁，互相问候。全镇的几百个导游和镇民之间的对讲机，互相喊叫，乱作一团，直到有个人咆哮着说：“I saw him！I saw him！He was in the bar and having a big beer！（我看见他了！那家伙在酒吧里猛灌猫尿呢！）”世界才重新变得好生安静。

顿时，像喝啤酒的醉猫一样少见的几个中国人的鼎鼎大名传遍全岛。接下来的好几天，他们闲聊的话题应该都是这个。

我在山顶的火山口究竟看见了什么？记忆模糊了，只是在接下来的几天里，每个晚上我都会梦见一个长着翅膀的光腚小子，拿着一束闪闪烁烁的小焰火，围着我飞来飞去。

萨利纳，小岛不眠

人生，本就是一场漫长的告别。

我在萨利纳岛的海边，无可救药地想到了这些。

西西里岛的东北角，注定存在着我内心深处某个无底黑洞的入口，我两次前来，都被它深深地操控，澎湃莫名。西西里岛北面的那片海，在我的印象里，总有乱云翻卷，总有数座林立的火山岛屿，如同月球背面的阴影，难得一见，又勾魂摄魄，没齿难忘。

登陆西西里岛需要渡过一段海峡。每次，我都是在暗夜里乘着隆隆作响的沉重火车，自罗马远路而来，不住摇晃的车身碾轧过长长的铁轨，将身后那一段闪着微光的钢蓝色来路远远地甩在身后，如同迷航的战机甩开长长的白色航迹，放任它们默默消逝。

每次，都是在纠结挣扎的烦扰中来，往一片空白的宁静寂寥中去。

你无从知晓这场告别何时默默开始，只知道它绵无绝期。

还是7年前的同一班火车，我们要离开罗马，直奔声名狼藉却也热情好客的西西里岛。同车厢的意大利小伙子让我们想起了七年如一日的意大利式话痨和阳光心态。双方都知道对方听不明白自己在说什么，但是意大利人的喋喋不休和自制小点心，谁又能拒绝？

火车摇摇晃晃地驶上巨大的渡轮，亚平宁半岛雷焦卡拉布里亚的万家灯火和西

233
233

火车从罗马一路翻越山岭和林地，又在海峡的一头被拆分解体，在另外一头被重新接合，这才迢迢跋涉地来到西西里岛。意大利米拉佐 2008年

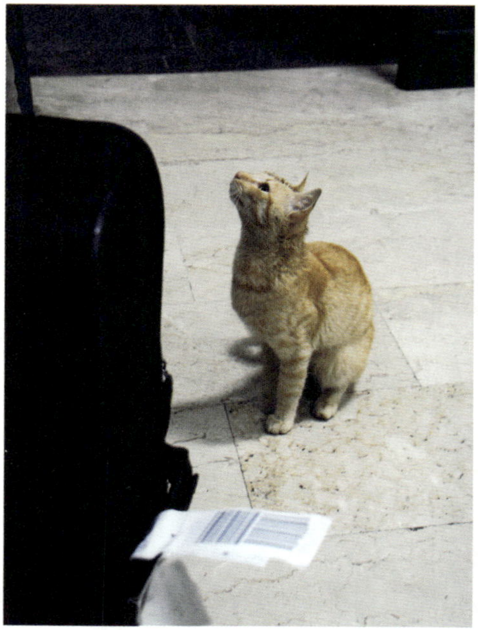

下着冷雨的米拉佐，火车站里除了我们，只有这位旅行者。意大利米拉佐 2008年

想带点儿最特别的纪念品回去送给朋友？利帕里的招牌土产是：100%纯天然的火山硫黄！能干吗用？这个问题不要问意大利人，否则显得你太没创意也太没娱乐精神了。意大利利帕里岛 2008年

西里岛上墨西拿的点点豆灯遥遥相望。阵阵涛声，此起彼落。在渡轮斩破夜晚的海面，被一节节拆分的列车在船舱里正睡得安稳。

这般天和海拥抱的时刻，无论听哪一首歌，都能唤起旅行的回忆和航向远方的冲动。

凌晨5时多，我们被扔在下着大雨的米拉佐火车站，急匆匆横过铁轨，却发现没有一班公交车能带我们进城，只有等待。空空荡荡的火车站，只有我们两个旅客和一只淋湿了脑袋的虎斑野猫。它满眼期待地看着我们手里罗马旅舍老板娘给的点心，定定地坐在面前，用灵活的尾巴环抱着自己毛茸茸的后腿。

我想起自家楼下也有野猫，但是从来没有花上这么长时间关照过它们，又是点心又是按摩，还真是殷勤得很掉价儿。旅行，就是做那些平时没有做过，或者没有时间去做的事情，包括喂野猫。

萨利纳岛的海景，远处冒起青烟的，就是每天喷发的斯特龙博利火山。意大利萨利纳岛 2008年

米拉佐市内几乎没有什么值得“观光”的地方，除了山顶上的城堡。不过它显得太普通也太高高在上了，不如沿着防波堤走走，吹吹海风。吹累了，就坐下来吃一客提拉米苏——西西里的名产。连意大利人也认为，这里的提拉米苏味道最好。

条条街道都连着同一个地方——码头，因为那里是我们奔赴火山的出发点。

酒店位置不错，下了公共汽车过马路就是，算是市中心了。不过那个城市徒步逛一圈下来，也就是20分钟的事。餐厅的早餐丰富，意大利蒸馏咖啡味道正宗，杧果和草莓味道的刨冰在制冰机里彻夜旋转。从房间的小阳台望出去，整个海湾尽收眼底，一大片豪华游艇的桅杆肩并肩地站成密密的森林。双人间105欧元，包早餐。一楼的前台后面有个小沙龙，里面有宽敞舒服的白色沙发、一个小型的图书馆、宽大的等离子电视，还有一副国际象棋。黄昏的时候我们两个人一番酣战，太太赢了。门外天空里的大块白色层积云镶上了美丽的金边，活像教堂里圣像画的背景，不愧是奇幻的意大利的傍晚！

就在不远处的海面，安稳地睡着每天都会喷发的火山岛——斯特龙博利岛，它从没期待过我的到来，我却一直等待着和它的谋面，不常有的焦急和期待，它还远在视线之外，我却恍惚闻到了火山口的硫黄味道。

这少有的不冷静让人感官敏锐，明了自己还确凿无误地活着。喜欢冒犯危险之地的人，大多是这样吧，不为证明自己的伟大，只为明了自己的渺小，感恩能活着的幸运。

喜欢犯险，因为它能消磨你的不知足。

萨利纳岛Lingua镇上孤零零的灯塔和裸露遍地的卵石已经够有天涯海角的味道，从这里远望大海对面每天喷云吐雾的斯特龙博利活火山，更是「发呆佳境全球第一」的景观。意大利萨利纳岛 2008年

如果天堂有颜色

圣特里尼原本是火山造就的小岛，贫瘠得只剩下那么一丝骨感美。但是，那里的人很懂得如何取悦游客，特别是如何触动女人内心最柔软的那个部分，并造就了一个人人都会对她一见钟情、念念不忘的“顶级浪漫代言岛”。

埃菲尔铁塔成为“浪漫教主”“花都代言人”，完全是拜整个巴黎的氛围所赐。其实，大有运气和借光的成分在，和它冰冷粗粝的外表格格不入，一点瓜葛都扯不上。它能海选胜出，不是铁将军真的有浪漫气质，而是因为它那副“大铁裤衩”的形象实在令人印象深刻、过目不忘。所以，品位也就那么回事，但是精通形象营销的巴黎人却认为，只有它才能胜任巴黎形象大使的职位。

圣特里尼的浪漫气质，真的是实至名归，绝非浪得虚名。它让人感觉浪漫，不是因为炒作或者借了什么人的光，而是因为它拥有羡煞旁人的气质。

圣特里尼人会在每年旅游旺季到来前重新粉刷房屋，而且会用不同油漆改变房屋的颜色。但是，他们和普通粉刷工的习惯本质的不同是，居民之间有很深的默契，不管怎么变化，始终保持城镇的清洁，使用清纯可爱的蓝、白主色调，一脉传承小镇的风格，仿佛在集体创作一个巨大的装置艺术作品。这如同一个演员会在不同的舞台上更换不同的服装，但始终不易她招牌式的个性和媚骨。

圣特里尼极具个性的长相实际上不免有一丝病容：苍白的面色加上忧郁的蓝色，但是这种标志性的忧郁色却在爱琴海灿烂的阳光下变得生气勃勃、清新明快，转而让人立刻联想到蓝天大海和洁白的沙滩。越是简洁到极致，就越是气质出众，越发令人难忘并宠爱有加。相信无数女人喜欢她，一定是因为从中体会到了充满生存智慧的灵感和启发。

希腊·圣特里尼

这里最动人心的，当然是那美得让人心痛的蓝与白。

住在圣特里尼的酒店里，就是住在蓝白两色的微笑里。希腊圣特里尼岛 2007年

圣特里尼最动女人心的元素其实无外乎这么几个：蓝色的爱琴海、灿烂的阳光、小巧的蓝白色教堂、毛茸茸四处游走的猫咪、浪漫舒适的小酒店、平静海面上划过的豪华游轮、琳琅满目的特色小店和拥有无敌海景的优雅餐厅，当然还有阳光男孩的微笑……

最动人心的，当然是美得让人心痛的蓝和白。

心理学家关于色彩对心理影响的研究由来已久。心理学家的研究成果充分地证明了圣特里尼人的品位和智慧，也破解了圣特里尼打动人心的“魅力密码”——

蓝色是一种博大的色彩，是永恒的象征，意味着平静、严肃、科学、喜悦、美丽、和谐与满足；蓝色也是最冷的色，是大自然赋予人类的最佳心理镇静剂；蓝色调还可降低皮肤温度1~2℃，减少脉搏次数4~8次；在蓝色环境中，情绪安静放松；可减轻身体对疼痛的敏感；它经常被用来放松肌肉紧张、松弛神经及改善血液循环。蓝色也会给人很强烈的安稳感，同时蓝色还能够表现出和平、淡雅、洁净、可靠等。

白色具有明快、纯真、清洁的感受；白色能使空间增加宽敞感；白色是纯净无瑕的象征，能促使高血压病患者的血压下降，对易动怒的人可起调节作用，有助于保持血压正常。

蓝色和白色的经典混合，则能体现柔顺、淡雅、浪漫的气氛。蓝色让人心绪平衡、稳定、沉静的特质使它和白色搭配后，能让人有精神解脱、放松的心理感受。

人们逃离城市飞到这个遥远的岛屿来，为的就是求得这份平和、喜悦、安全和可靠的感觉，解脱和放松的心理感受则是所有旅行者和度假者的终极追求，更何况天生敏感、需要依靠的小女人呢？

圣特里尼的教堂与任何地方都不相同，它们不追求高耸的威严，也不向往幽暗的森然，柔美的弧线和纯净的色彩只不过让人联想到婚礼结束后，那个让人筋疲力尽的傍晚。希腊圣特里尼岛 2007年

私人领地？对圣特里尼的猫来说，不过是另外一处游乐场。希腊圣特里尼岛 2007年

无论重逢或者告别，在圣特里尼都会是温情刻骨的回忆。希腊圣特里尼岛 2007年

冷 雨 不 列 颠

有些事情，如果我们没有离开熟悉的街道和餐馆飞到万里之外的异乡，的确难以理解。

比如谈论天气这件事，真的只有在英国才特别值得一提。

英国人爱谈天气，一开口多半先谈天气。

萧伯纳（George Bernard Shaw）一天下午在街上散步，迎面走来一位老先生，对他说："Good afternoon, Mr. Shaw! It's such a lovely day, isn't it?（下午好！萧先生，天气很好不是么？）"萧伯纳幽默地回答："Oh, yes. But twenty people have told me about it in past two hours. Thank you.（哦，是啊，但是在过去的两个小时里，已经有20个人告诉过我了。谢谢你。）"

首先，必须承认的是，英国的天气确实比较糟糕，或者说在一年中相当长的一段时间里，英国的天气打不起精神来讨好它的臣民们，带给臣民的困扰多于畅怀。

其次，谈论天气是人们对英国人"绅士风度"成见的一种注脚，觉得他们彬彬有礼，凡事讲究程序和周全委婉。所以，他们谈论天气便被认为是见面或者搭讪的合理开场，被认为是他们应该有的行事作风，或者说是人们对大英帝国甚至是旧殖民地人们精神风貌的合理期待。

此外，如果你身处英国式天气的影响之下，像我一样，在年初先雪后雨、阴霾不断的十几天里，不断乘车穿过景色单调的南英格兰冬天，相信你也会明白，糟糕天气的折磨可能是人们接近彼此、冲破隔膜或者说寻找精神依托的最好理由和最顺畅的通路。

一路上，我一直在想一个朋友在知道我要去英国时问的一个问题：英国是什么感觉的？

英国

从厚重的呢料大衣上拂去12月的冷雨。英国，大概就是这个感觉。

世上有永远阳光普照的白沙滩，也有冷雨不时光临的不列颠，所以旅行者才有远游的期待。英国伦敦 2010年

问得好！

只有看到、听到、尝到、触摸到，最后感觉到一个地方之后，才能说是真的去那里旅行过吧。

不过，英国的感觉其实与我没有看到红色的公共汽车、听到希思罗机场的通知广播、尝到炸鱼薯条、感觉到标准的英国式黑伞握在手掌里的触感之前，没有什么不同。

从厚重的呢料大衣上拂去12月的冷雨。我一直觉得英国就是这个感觉。

总的来说，情况相当糟糕，但是仍有希望和一点点给人温暖的依恃，比如那件旧大衣。

如果用这个感觉来形容生活，形容内心对这辈子遭遇的真正感受，也算贴切。如果你还有兴趣和勇气，像剥洋葱那样一层层剥去这感受上面不断累积起来的种种虚妄和借口。

以前看那部21世纪翻拍的新版《金刚》，觉得它从头到尾都很嘈杂，唯独金刚摆脱追逐，手心里捧着“小女朋友”，第一次在他从未见过的冰面上滑行、旋转那段，拍得很美。前面的铺垫太长，短短几秒之后，这个场景被枪炮声和尖叫声打断得又太快，但是唯独如此，才让人觉得这一点儿“添油加醋”的段落，是唯一值得为它熬过整个120分钟的理由。

好的时光，就是要在熬过漫长寒冬之后到来，在你才刚刚陶醉过那太短太短的几秒钟，那在巴士上惊鸿一瞥又稍纵即逝的几秒钟之后翩跹然逝去，才真正称得上是“最好的时光”。反正不管它们好到什么程度，你都留它不住。索性如电光石火般，在最好的定格处消逝。

栈桥上行色匆匆的人群和迷雾重重的海岸，伤感又温暖，疏离中也有几分亲切。英国布莱顿 2010年

英国的冷雨，就是这样在厚重的呢料大衣上画出比阳光灿烂、无忧无虑的热带海岛，比守着青春泉和阿里巴巴的金库更让人安心生活的实感。你能很容易地想象，也能真切地感觉到手指拂过那件大衣时有点毛刺、有点扎手的湿淋淋、冷飕飕的触感，是吧？当然，如果那件大衣是穿旧了的就更好。

就我的观感来说，英国人其实并不怎么爱谈天气，也并非古板到非要和他们谈天气才能展开话题。他们的友善、温厚，其实是对抗天气带给他们疏离感、隔绝感的最好的武器。如果能在这样的天气里带给别人一瞬间的温暖和小小感动，就是心灵的常春药了。如果我是一个本乡本土的英国人，要几十年如一日地和冬天的冷雨厮守做伴，我会多么感谢那些向我问路的人啊！感谢他们给我个机会，让我感觉自己不错。

有时候，我看着黑压压的沉默的人群会觉得每一天我们都在彼此淡忘，直到连自己的存在也淡漠得有些虚无缥缈起来。但唯有在淡忘和疏离之间我们才明白，彼此的存在对自己究竟有什么样的意义。就好像唯有面对镜子，才知道自己是何等的模样。在12月的伦敦和冰冷阴郁的北欧，我不止一次地遇到他们这样做，可能是天气太影响心情，也可能是他们想在别人的反应里再印证一次自己的存在。

为了能够迈腿就到大英博物馆去看那些我钟爱的中国古董，我选择住在旁边一条街上的小旅馆，这段短短的距离的确也让我在英国式天气里受益良多。小小的旅馆里聚散着来自世界各个角落的声音，巴西来的清洁工每天高高兴兴地打扫，俄罗斯的夫妻叽叽喳喳地烧菜喝白酒，美国姑娘在狭窄的转角楼梯上讨论她们要去的下一个夜店，阿拉伯小伙子一连几天不知所以然地坐在楼梯上发呆，萨姆赛特来的安迪不停地抱怨总是断掉的无线网络，公用的冰箱里还静静地躺着一盒估计是日本游客带来的“信州白味噌”，主人却从未露面……

小旅馆里有一个表情总是怯生生的哥伦比亚服务生小伙子马尔科姆，我到英国之后第一个和我有真正意义地“交谈”上一阵子的人就是他，因为他每次见到我都能准确地叫出我和太太的名字，这种待遇我记得只有住在柏林勃兰登堡门旁边那家阿德龙大饭店的时候才遇上过。不过他的口头禅总是千篇一律的那句：“有什么需要我做的，尽管说。”我要他做而且他能做的，也无非是告诉我公共厨房里的胡椒或者橄榄油放在哪里而已，因为哥伦比亚对我来说实在是个遥远得

每个人都有成长的烦恼，但不是每个烦恼都能找到愿意倾听的人。英国St.Ives 2010年

冷雨，不妨碍羽毛相同的鸟儿聚在一起。英国伦敦 2010年

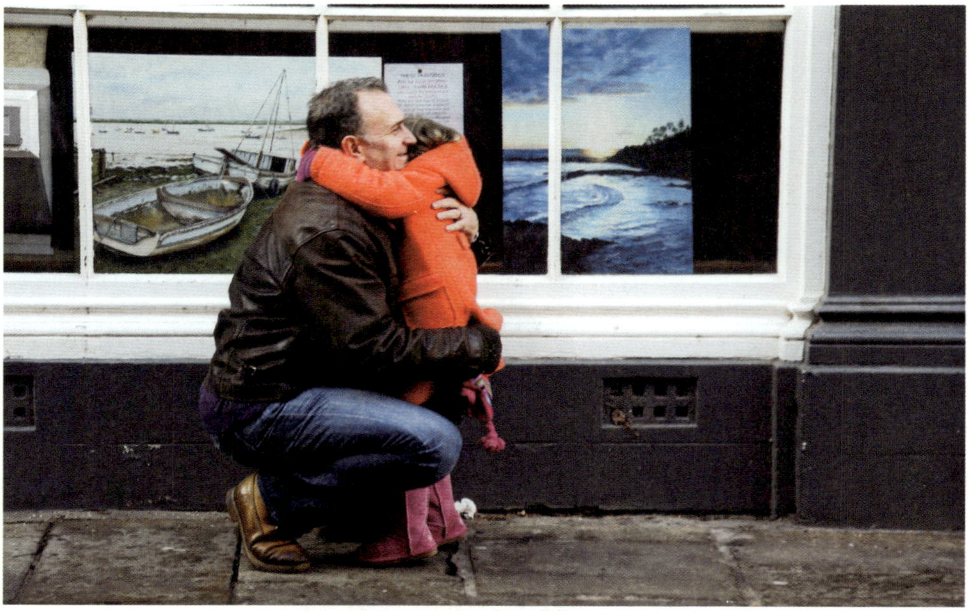

你为了一个曾经令你无比向往的景致去遥远的地方旅行，但是最令你难忘的，却常常是不经意间瞥见的，从车窗外一闪即逝的那个场景。英国剑桥 2010年

可以、陌生得可以的国家，所以我对这个戴着大大的样式过时的黑边眼镜的男孩儿颇为好奇。每天晚上9时，马尔科姆下课以后会准时来旅馆上班，准时在厨房里用开水煮几个小小的包心菜和胡萝卜，准时跟我们打个招呼，每天保持着一成不变的日程和一成不变的安静。因为在我的脑海里，哥伦比亚总是和毒品有着那么点儿无法摆脱的干系，所以我得狠狠地忍住那不断滋长的好奇，故意回避这个话题。谈谈当天的天气，自然成了打开话题的捷径。那几天里，伦敦的冷雨或者小雪也的确没有让我失望，给我们的交谈提供了不少方便，让我们两个外乡人的“英国式交谈”跟坏天气一样充满了正宗的英国式风味。英国和哥伦比亚的距离真的是十分遥远，就好像人与人之间的距离一样，即便对面相逢，也往往隔着千山万水。要想拉近这距离，需要耗尽的远不止喷气机隆隆咆哮的引擎推力。

在一个适合用谈天气来打招呼的早晨，我在餐厅里听到旅店老板和巴西清洁工的晨间对话。老板是个40岁开外的标准英国人，伦敦腔悠扬婉转，金丝边眼镜、黑色的外套和软礼帽下灰白的头发让人联想到一个剑桥大学的气象学教授什么的，而不是一个小旅馆的老板。

剑桥的阳光，街道刚刚下过一场初雪。英国剑桥 2010年

“巴西对替代能源的开发的确值得这个世界最热情的感谢。”他说，手里端着的咖啡冒出像浮云一样缓缓上升的温暖，“用甘蔗提取发动机替代燃料，我认为是个很好的主意，问题是甘蔗的产量是否足够供应车辆的需要，耕地上如何才能更高效地产出甘蔗呢？”

原来，英国人除了谈论天气，还可以这样“直白”地彼此问候。

浮生

旅途中遇到的人，他们在与你航迹交错的瞬间，改变、点化、充盈了你的人生。

乌坪桥的小绅士

“旅行得太久会不会腻？”有个人这么问过。

“会的。”我直白地回答。

我过着两极之间的生活，无所谓挣扎，无所谓摇摆；该留下的时候留下，该离开的时候离开；不属于这里，也不属于那里。我有点儿刻意地让自己做个旁观者，其实刻不刻意仍然无所谓，这里不属于我，那里也不属于我。每个人的一生，不都是借来的一程？

无论哪种生活，都要自安其心，安心就好。

如果你像很多上班族一样，上班的时候觉得不快，下班以后觉得不爽，那么你其实可以来缅甸看看的，特别是乌坪桥这个地方。这里的田村野老们那种有几分无聊、有几分无奈、有几分傻傻的又十足放松的生活倒可能让人会心一笑。

当然，你首先要放开原先的自己，在桥头或者桥下的水边把自己摊开来晒，让周遭的声音、气味和光影包围你，奇妙的事情就会慢慢地从四面八方显现出来，仿佛你周围的世界是一张在暗房里徐徐显影的底片。有话说：慢工养艺，慢餐养胃，慢步养生，慢活养寿。总之，慢下来很养人。

缅甸人其实很无奈，做什么与不做什么都没有什么不同：上学很贵，不上学也没什么不对；汽车很贵，没车用可以用腿；天气很热，收成又很差，但是庙里金碧辉煌还提供免费的凉亭和矿泉水……

做事很困难，不做事也同样困难。

乌坪桥距离喧闹杂乱的曼德勒有一段距离，我们从曼德勒出发，雇了一辆蓝色的日

做事很困难，不做事也同样困难。

乌坪桥下的农人充满慈爱地给他白白瘦瘦的耕牛洗澡，牛很漂亮，犄角很有气势地刺向天空，神情安静而满足。缅甸阿玛拉普拉 2009年

本老爷小卡车，晃悠过了几个村镇，在烈日下耗失了大量的水分和清晨的朝气，到达这里的时候已经是日近黄昏。长长的木桥像是太阳过早投下的一长串失望的阴影，无数的桥墩像是从河滩淤泥里生长出来的莲茎挣扎着向空中伸展。桥下有无数的小船招揽游客，桥上有数不尽的游客鼓足勇气要从桥的一头走向另一头，完成他们徒劳的探索。树荫下也有十几只大笼子，里面装着各种可怜的野鸟，从战战兢兢的麻雀，挣扎厮打的椋鸟，到眼睛通红、充满敌意的鹰隼，不一而足。它们为什么被抓来关在这里？答案是——“放生”。我在仰光听过当地人招呼虔诚的佛教徒来放生的叫喊：“杀雷龙！杀累累！”大概是这个恐怖的发音吧，反正我也听不太懂，我半开玩笑地问了老板娘，放生那一对鹰隼的价格大概是10000缅币，折合人民币68元。

桥上桥下来来去去的缅甸人都好像在等待，等待什么我不太清楚，但是他们的目光似乎总是停留在那些急匆匆赶路的游客身上，对于我们这一对儿安静地坐在他们身边的中国人不太感兴趣。

我们在桥上走了几步，决定还是放弃那个伟大而时髦的“穿越”的想法，干脆坐下来看人。桥下有一群半大的孩子在用脏乎乎的缅币赌纸牌，他们的赌注一定可以称得上“一掷千金”，因为缅币根本不值几个钱。桥头坐着一位盲眼的干瘦老人和一个怯生生的孩子，老者一直仰望着天空，他什么也看不到，但是用这个姿势拉三弦琴卖艺好像收获还不错，所以他一直努力地保持姿势，也保持着微笑，笑得像北方11月雪地里小小的沙棘果一样鲜艳可爱。我就这么听了好一会儿，太阳准备和乌坪桥告别的时候，他也离开了。小男孩搀扶着

旅行当中，你会注意到每天出现在身边却每每被忽略的很多事情，包括落日和涟漪。缅甸阿玛拉普拉 2009年

他，夕阳下是一对满足的背影和长长的两串脚印。

桥下的农人充满慈爱地给自己白白瘦瘦的耕牛洗澡，牛很漂亮，犄角很有气势地刺向天空，神情安静而满足，背上隆起的硕大肉瘤注定了它天生的宿命是犁耕这一大片还算不赖的河滩地。缅甸人喜欢牛，打心里喜欢，乌坪桥下、蒲甘的河边、那帕里的海滩，耕作、汲水或者拉车，拍摄缅甸的农人和他们的牛从来不曾让我失望。

我翻了30年前的《国家地理》杂志，打动摄影师心弦的，同样是今天我为之按下快门的这个场景。

我离开乌坪桥之前，它送我礼物。

一群少年女尼像被风吹倒的荷叶间突然探出头的莲花一样，飘过桥头，簇拥而来，低眉垂眼，且全无声息。

傍晚时分的阳光低斜，慢慢勾勒出一个嘈杂、严酷世界里的小小神迹。我举着相机，故意占住桥头的出口，窄窄的桥面让她们有片刻犹豫和无所适从。于是，终于有人抬头，宽容、淡定地看了看我这个粗鲁的人，露出半个微笑。

于是，我有机会按下了快门。

我满意地看着这一朵朵粉红云，从我身边翩翩然飘走。缅甸阿玛拉普拉 2009年

我满意地看着这一朵朵粉红云，从我身边翩翩然飘走。

我听到默默流走的粉红云，在桥下很远才发出阵阵轻快的微笑，这足以成为我未来很多年对缅甸钟情的理由。腼腆而害羞的人都有善良的种子，在心里。

他们居然租得起一辆老旧的有蓬卡车，这发现让我高兴，他们可以免于徒步跋涉在被我们这样匆匆游客的小车卷起尘烟的长长大路上。更让我高兴的是，一个有着圆圆小脑袋、头顶光溜溜的小男孩，一只胖胖的小手费力地勉强压住车尾的跳板，一只手高高举过头顶要扶那一整片粉云一个个地上车去。眼神专注、煞有介事的小绅士，居然是那一大群少女之中唯一的一个光头小沙弥。看看他，也许只有小学一年级的样子吧?

等男孩确认了每个人都在车上，自己才像猴子一样轻巧地一跃钻进驾驶室。原来，他是个领队来着。

不经意发现世界的一个角落，还是你内心里一直期望着的那般清新，我整个晚上都为之高兴。久违了的像浮云一样柔软的幸福感，慢慢浮现，直上天庭。

乌坪桥下的牌局。缅甸阿玛拉普拉 2009年

乌坪桥的风景乏善可陈，但是这个场景会让我在多年后回忆起它的时候，会心微笑。缅甸阿玛拉普拉 2009年

一个高棉小孩的全职工作

“可惜我不是安吉丽娜·朱莉，我要是她，我会愿意领养这个小女孩。”我的夫人不禁感慨起来，这个小女孩虽然只有十一二岁的样子，但是已经在认真地做一份工作，并且在工作中表现出令人赞赏的态度来。

在柬埔寨，旅行者接触得最多、给人印象最深刻的当地人有两类：一类是肢体残缺不全的地雷受害者，他们经常是组合成一个小团队，聚集在巴肯山、塔布茏寺、吴哥寺这样著名的景点周围，演奏当地乐器，并出售自己灌录的当地音乐CD；另一类就是会死死缠住游客、跟着你走上二里地，不断地喊着“10 for one dollar!（10张1美元）”的推销明信片的小孩。在暹粒（吴哥所在的城市）街头，还经常可以看到卖旅行书的小贩，他们多半推着一辆小车，车上翻印的*Lonely Planet*、画册、历史书、宗教书等一应俱全，车上还贴着海报，有一个书摊车的海报是这样写的：“我的名字叫苏菲，我的先生是地雷受害者，我只能一个人抚养3个孩子，如果你可怜我们，愿意帮助我们，请买我的书。”

但是，这个小女孩不同，她的营销手法相对老套死板，纯做生意，不打感情牌。

柬埔寨给人的印象的确像一个需要人可怜的小孩，相信太平洋两边的人都有这样的印象，去那里旅行难免会动恻隐之心。柬埔寨人也了解旅行者的这种心态，通过这样的心态做生意几乎是这个国家街头公开的潜台词。施与受，双方的感觉都不坏，互相理解并互相满足着。但是这个小孩不同，她没有露出苦相，没有投出楚楚可怜的眼神，反而显得特别了。

在我看来，她做的工作相当乏味，只是出售轻薄、鲜艳的丝织围巾，当然，材质可

她向下一拨客人走过去的时候，手中展开的，永远是鲜艳、悦目而又让人眼前一亮的一条彩虹。

一家小书摊的告示牌上这样写着：我的名字叫苏菲，我的先生是地雷受害者，我只能一个人抚养3个孩子，如果你可怜我们，愿意帮助我们，请买我的书。柬埔寨暹粒 2007年

能根本不是丝。但是，谁在乎呢？旅行者可能只是用来遮挡一下去崩密列路上飞扬的红尘，然后顺手扔掉；或者可能是买回去送同事，只要对方接了，一笑或者说句欣赏的话，它就没用了。他们被日晒雨淋、费尽口舌，还要经常被人用轰苍蝇的手势赶到一边。但是，在这个小姑娘看来，这是一份相当不错的工作，而且和其他的商贩不同，她一直笑得相当开心。

不仅如此，她对待这份工作的“态度”也颇值得玩味。每当一拨客人挑选完她的丝巾之后，她都会坐下来，非常认真地把客人挑选后的丝巾放回塑料袋里面，压平、摆好，然后重新按照色调的不同，把丝巾按照从暖色到冷色的顺序排列起来。这样，她向下一拨客人走过去的时候手中展开的永远是鲜艳、悦目而又让人眼前一亮的一条彩虹。此外，她还要掏出一个磨损的小本本，详细地登记卖出和剩余的存货，如果客人想要的颜色她手里没有了，她就会马上呼叫“空中支援”，请出她神出鬼没的老爸，补充库存。她的老爸明显是个“低调”的人，但是当他看到女儿操着半生不熟的法语、英语、西班牙语、日语、意大利语、汉语……和客人打招呼的时候，都会流露出一丝自豪的笑容。小姑娘看到我太太和同行的一个姑娘的时候，马上指着两位大声赞扬：“漂亮！漂亮！”我指着自己教她说：“帅！”她也学得很快，并报以爽朗的笑声。我夫人不禁夸赞：“推销很专业，而且你看她的穿戴，显得她的丝巾特出效果，别看都是破旧衣服，但是颜色搭配还挺有品位的，又这么有敬业精神，真是个人才！”她好像听懂了似的，马上指着我们：“漂亮，漂亮，帅！”

小女孩和她的「丝巾彩虹」。柬埔寨吴哥 2007年

在所有游人到来之前。柬埔寨吴哥塔布隆寺 2007年

上：在柬埔寨，有游客的地方，就有辛苦兜售的孩子。柬埔寨金边 2007年
下：地雷受害者的小乐队。柬埔寨吴哥塔布隆寺 2007年

在柬埔寨，各地经常可以看到地雷受害者乞讨，也经常可以看到大幅的广告牌，上面印刷着“和未成年人发生关系是违反法律的”“抵制性旅游”等等，酒店的地图上也印着类似内容的海报。老百姓的脸上虽然都挂着淳朴自然的微笑，但是总让人觉得有些别扭。我们到达暹粒的当天是中国的春节，司机告诉我们当天晚上柬埔寨人有一个大派对，庆祝春节，还特别强调“不是当地华人，是我们柬埔寨人庆祝”。我们没有应邀前往，但是在外出吃饭的路上，碰到一个洗衣房的勤杂工和一个饭店的保安热情高涨地向游客挥着手，对我们大喊“我爱你”，用的是汉语。

高棉的小孩还在追逐着旅行团叫卖，小女孩仍然微笑着抱着她的一捆“彩虹”，地雷受害者的乐器旁边依旧放着他们的假腿，游客的潮水涨了又退，寺院里僧人的诵经声响过了千百遍，吴哥的日出又上演了一遭辉煌灿烂的光影传奇，不知是否又有一个美国游客像那个早上一样，在此情此景的震撼中潸然泪下……

一位禅师的初恋味道

听说要和日本京都著名禅寺高台寺的执事寺前静因大和尚见面，心中不免忐忑。

我这人生性愚钝，冥顽不灵，所以多年来并无佛缘，加上读书的时候经常偷懒逃课，对传统文化一知半解，更无向佛界人士求学参禅的经历，所以唯恐要闹出笑话来。况且高僧大德定是每日守着清灯古寺，潜心修行，跳出三界不在五行，我等凡夫俗子真不知该找些什么共同话题来聊才不至于失礼。

花开两朵，各表一枝。

且说这京都高台寺，绝非一般等闲小庙。在日本人心目中，它的位置相当特殊。

高台寺、清水寺及园山公园是市民和游客眼中的“三大赏夜樱名所”。所谓夜樱，就是晚上欣赏樱花。日本人对樱花之爱，简直是到了无以复加的地步，加之花期短暂，来去不盈七日，满开仅仅一日，那落花一瞬又是最能体现日本人“物哀”之情和感怀“死之绚烂”的时刻，被无数武士和俳人在诗句中反复吟咏。日本是个被动荡沧海包围，被大陆遗弃的小岛。日本文化中的孤寂不安，犹如宿命浪人的情结和凄美的“物哀”之情无非是寻求归宿与认同而千年不得的失落感，他们借樱花的名义流露出些许人的自卑。日本人喜爱樱花之心也充分反映了他们的内心世界和民族性格。他们眼中的樱花，开时簇拥同来，如日本人般具有团体聚众合力的特质；谢时同去，似云水流逝。落英之美犹如向往灿烂节烈之死，又带有一丝舍生取义的壮烈，尤其迎合武士阶层“不可择生处，但可选死时”的内心诉求。所以，日本人连晚上的时间也不放过，挑灯夜赏，体会樱花的另一番韵致。高台寺的夜景，因为动用了日本引以为傲的科技手段而闻名，晚上到这里游览，枫树、池塘在灯光的照射下，蒙上了

他们孤寂不安，犹如宿命浪人的情结，是寻求归宿与认同而千年不得的失落感。

龙安寺那出名的十五块石头，在任何角度都无法窥其全貌的说法，有几分公案的禅机，也有几分神秘主义的沾沾自喜。对于现实主义者，这里的春天，有一枝出墙的樱花可看。日本京都 2010年

神秘色彩。在一处很大的空地上有一个八卦图，利用光电技术，魔幻般地做出了龙飞凤舞的画面。这套夜景照明装置当时在全日本是第一个，为此，寺前静因大师还得了个日本广告设计大奖。

从史家的角度来看，位于京都东山灵山之麓的高台寺是“日本名刹”。日本战国时代叱咤风云的丰臣秀吉（1536—1598）病逝后，夫人北政所（1548—1624，秀吉病逝后出家，号高台院湖月尼）为祈祷其夫冥福，安养修佛，建于庆长十一年（1606，明神宗三十四年），宽永元年（1624）迎请建仁寺高僧三江绍益开山住持，号称高台寺。营造之际，一统天下的德川家康（1542—1616，江户幕府创立者）为笼络丰臣秀吉旧部，稳定政局，曾给予极大的财政援助，故寺观壮丽至极。

北政所温良贤惠、克己节俭的品格风范，广为古今世人爱慕推崇。其谢世后，高台寺虽屡遭火灾，但现存的开山堂、灵屋、伞亭、时雨亭、观月台等国家重要文物，蓬莱山水庭院等国家名胜古迹以及翠竹、菲樱、晚枫等佳境绝景久负盛名。近年来，尤以独创之灯节庙会夜景驰名海外。

不过，这座名刹的执事高僧在见面之前就让我们吃了一惊。

想不到大和尚和我们约见的地点竟然是希尔顿酒店的鸡尾酒廊，大和尚的出场也颇出人意料。在我的印象中，这个阶层的僧人定会一身袈裟手持法器如同《西游记》中的唐三藏一般出现。但是，当寺前静因出现的时候却是上身着粗布蓝褂，下身粗布灰裤，打着绑腿、穿着朴素的僧鞋，挎着一个用旧了的粗布香袋，轻快的脚步配上这一身短打扮，使得在黄昏

见到他的人简直感到有几分“夜行忍者”的气质。

一番寒暄之中，我们发现这位执事僧对酒吧的饮品颇有研究，一手包办了点单的任务，殷勤地向访客推荐酒水和小食。席间有一款用芥末做的饼干，同行的朋友颇感好奇，便取了一块放进嘴里，不想辛辣扑鼻，一时无语，涕泪交下。回味过后又不禁长出了一口气，释然而乐。寺前和尚不等翻译开口便笑道：“是不是和初恋的滋味一样？”

后来的几日我们去高台寺做正式的访问，寺前和尚每每高接远送，一一介绍寺内各处的景观和来由，更亲自主持茶道表演，亲自为我们点茶。茶事进行当中，宾主双方刚刚鞠躬问安过后，和尚正要开始茶道表演，不想传来阵阵手机铃声，是一曲不知哪个日本小女生的快歌。和尚先是惭愧地连连道歉，随即从怀中掏出一个新款手机，调皮地笑着打开翻盖，硕大的屏幕上是一个美女明星的大照片，和尚笑着说：“刚买的，很喜欢呐。”

高台寺的营造颇得古韵，处处皆是精巧静谧，移步换景，处处都堪入画，的确堪称清修的好地方。寺前和尚介绍过后，非常得意地要翻译告诉我们，寺庙现在已经有了自己的网站，而且中文和英文的站点都已经建设完备，“希望这方法能够帮助我们弘扬佛法，当然，还有推广旅游，让更多贵客到来”。

晚上，我们与大和尚到一家他推荐的餐厅吃晚饭。菜上来的时候，盛菜用的餐具是精美的日本漆绘餐盒，打开之后里面有漂亮的陶瓷套钵，再里面是金光闪烁的小方盆，如同当年战国将军使用的“名器”。大家正在欣赏餐具、未及开口之时，和尚又抢先发话了：“最美的是里面的豆腐，不过豆腐而已，大家开动吧，不要让它久等了。”又是爽朗一笑。

席间，和尚讲起了他的佛缘。寺前曾经是名牌大学工学部的学生，学生时代的他如同其他同学一样，一直为进入大株式会社而努力奋斗。因为对佛法传来的中国很是向往，他立志做一个到中国开拓市场的白领。但是毕业的当口，他突然得了重病不能马上工作。生病以后的他却忽然觉悟了生活，于是做了和尚。清净地开始寺庙生活后，在佛前清修的日子里，他每天晚上都会打扫寺院的庭园。寺院就坐落在航班飞过的下方，他每次看到头顶的飞机红灯闪烁、引擎轰鸣，就会想：如果自己

寺前静因和他的竹林。日本京都 2010年

在京都，你能发现所有曾希望在日本找到的东西。京都人欣赏一把折扇，比赏樱更舍得花去大把时间，因为他们相信，活着，本就是一种「绵延的修炼」。日本京都 2010年

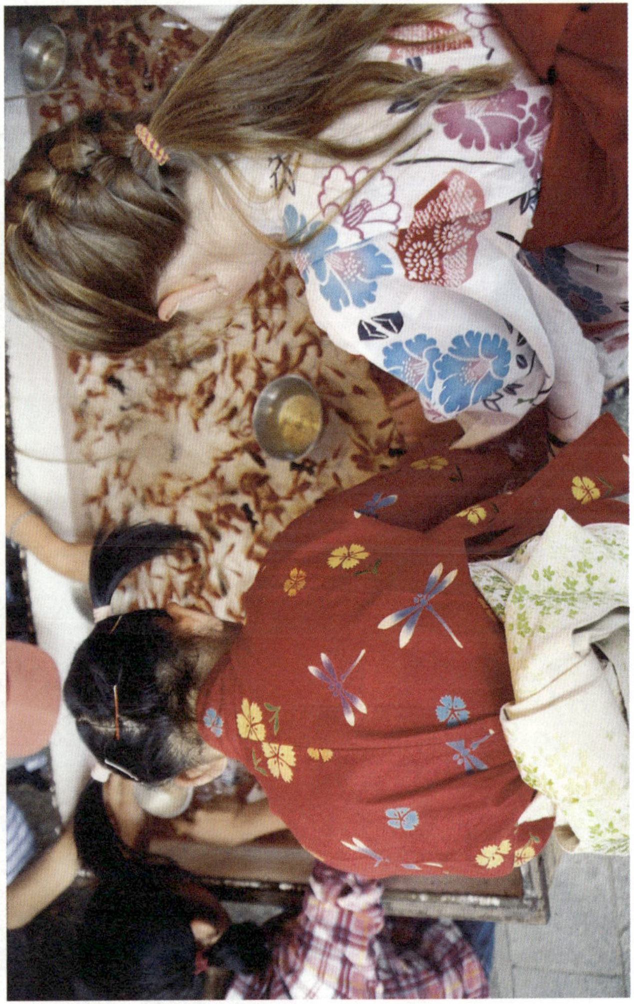

上：在日本，能当上一名艺妓确实不易。学艺，一般从10岁开始，要在5年时间内完成从文化、礼仪、语言、花道、茶道、香道、诗书、琴瑟，直到鞠躬、斟酒等课程，很是艰苦。单是为了练就完美的走姿，她们就会在两膝间夹上一本书长时间地行走，直到长辈艺妓认可方能罢休。日本京都 2010年

下：在金鱼小贩摊前流连的夏天。日本京都 2010年

如愿进入大商社，此刻可能就在那架航班上飞往中国……

当上高台寺的执事以后，寺前也总是优先考虑让打工的中国留学生到寺庙勤工俭学，据说目前寺庙里已经有了六七个中国学生帮助接待中国游客。

席间，翻译离席了一段时间，宾主间顿时沉寂下来。四下清幽，唯有风入松林的阵阵低语，天空皓月高悬，同座的朋友大概是想起了禅宗“不立文字、直指人心”的公案说法，玩起猜哑谜的游戏来，手指天空对大和尚露出微笑，心想对方是会把这个手势理解成刚才谈到的飞往中国的飞机呢，还是空中的明月？

大和尚用手指了指对方面前波光粼粼的茶碗，又指了指自己的双眼，报以会心的微笑……

京都的红鲤。日本京都 2010年

高僧的背影。日本京都 2010年

两个女兵和一件疯狂的小事

旅行是件神奇的事，看到什么，错过什么，完全不由自主，一阵风或者一场雨，就会彻底改变一个人对一个地方的印象。

回忆是件神奇的事，记住什么，忘记什么，有的时候仿佛是由另外一个看不见的你做出决定。大师的杰作，你搜肠刮肚，却偏偏只有模糊的影子；琐碎的小事，却总是没来由地出现，反反复复。

2004年在以色列不期而遇的两个女兵，就是这样。

以色列有无数惊天动地的事情，本应让人感慨万千，但却总是她们第一个浮现出来。

那时我在一辆客车上，客车在荒野里孤独地奔驰，天空乌云低垂，风声隔着铅灰色的玻璃窗，仍然依稀可闻，如同呜咽。道路笔直地伸向远方，周遭的景物一成不变，只有穿过乌云的阳光，给大地投下指影游戏一般让人浮想联翩的色彩，比聚光灯下舞者的影子更神奇。

视野里，久久地没有出现一棵树、一株草、一条狗、一个人。

昨晚刚刚下过雨，空气清凉。

一辆悍马车打斜刺里冲出来，让我想起汉尼拔的装甲战象。

我们的司机停了车，因为悍马宽大的身躯满满地挡住了去路。如果在北京，司机的第一反应一定是按喇叭，或许还会送上一句掺杂着粗口的招呼，但是这里是以色列。司机恭顺地下了车。我的脑海里，跳出了卡桑火箭的呼啸；我的视野外，可能刚刚多了一个弹坑。

一个女兵跳下车，宽大、粗糙得完全不合体的军服，冰凉、黑硬得完全不相称的步

因为这里是以色列，这一切，都太过正常。

悍马吉普车、绿军装，还有步枪。以色列不知名的公路 2004年

枪，还有她脑后飘动的马尾辫，鼻梁上纤细、文弱的金丝边眼镜，让我在看到的第一个瞬间，就下意识地把右手伸向相机，接着跳下了车，脑子里完全没有意识到这里是以色列，而她们是两个士兵。

我们被悍马截停，只是因为脚下砂石路上一条浅得几乎看不见的水流。因为昨晚的雨，裸露的岩石山上有可能出现一条朝生夕死的季节河，或者一场让人联想起诺亚方舟的洪水。

因为这浅浅的水，我们需要退回180千米外的特拉维夫，而不是前往60千米外的基布兹。

脚下干硬的路面上，沙石被我的山地靴踩踏得嘎吱作响，仿佛咯咯的笑声，手里的相机快门声响个不停，发出声声感叹。我明目张胆，越走越近，甚至连她们脸上的粉刺都在小小的取景器里清晰可辨。

一个女兵站在刚烈的悍马旁边，回头看看不远处为了这条小河和我们随时待命的黄色救护车，她没有像我想象中那样对我大喊“退后”，而是把肩头半人高的M-16步枪向背后推了推，捋捋头顶的鬈发，羞涩地笑了。

60元钱的电影票，可能因为须臾闪过的一个镜头，让我觉得夜晚过得快乐；10 000千米的长途飞行，只因为有了一个普通而可笑的场景，就让我莫名觉得值回票价；战火不断，噩运可能就在1千米外等待，你可能因为转错了一个弯，就会遇上现实中血淋淋的以色列。因为一场雨，因为一个每个人都会觉得夸张和疯狂的命令，让我没齿难忘。

在哭墙下举行的犹太成人礼。以色列耶路撒冷 2004年

那件疯狂的小事和几张慢慢褪色的底片，久久地留在我注定会衰退、迟暮的回忆里。

我问过自己为什么，想从这反反复复的回忆里找出意义和理由来，是感到以色列人如惊弓之鸟般谨小慎微？是赞叹以色列人对人的生命如此重视？是佩服以色列人对国家细致入微的军事化管理？是看到两个尚在青涩年龄的女兵而感慨战争如何改变了人们的生活？是军服和笑容的对比让我对她们充满了同情？我终于告诉自己，全都不是。因为这里是以色列，于是，这一切都太过正常。

1999年，我的女朋友、现在的太太，在后海边的长椅上递给我一个纸包装的红茶。普通得不能再普通的红茶，普通得不能再普通的下午，普通得不能再普通的笑容和爱情。但是我，甚至清晰地记得那时候垂柳的线条。那件疯狂的小事，经过了9年以后，变得无比珍稀，我同样搞不懂，在林林总总的回忆里，为什么是那一刻，总是没来由地回来，反反复复。

上：『对不起，你们必须等待。』这句话，正是旅行教给我的神奇一课。以色列不知名的公路某处 2004年

下：一位心理辅导员正在给从加沙归来的士兵讲述以色列的历史，并试图减轻他们因执行战斗任务而导致的心理压力。以色列特拉维夫 2004年

咖啡向东，红茶往西

旅行总归是为了吹牛，不用害臊，我不就正在吹吗。况且，吹牛是除了挣钱以外推动这个世界前进的唯一一个理由。现在，旅行的吹法比从前更酷，人们不再炫耀去过了哪里，而是愿意讲述“在哪里做了什么”，我听了真高兴。

而在这众多之中，“发呆”是最流行的一个。能发呆，说明你旅行得不匆忙，说明你懂得享受旅行，说明你平时很忙，所以现在需要些逃避和宁静，也说明很有内涵，凡此种种。

在哪里发呆也好，看着印度洋的落日、圣特里尼的蓝白教堂、吴哥窟的石像、拉贾斯坦的骆驼市场、桂离宫的庭园或者游轮外的空海，只要不是底特律的汽车流水线就好。

伊斯坦布尔自古也有发呆的传统，而且早就把它升级到了2.0版，加上了会饮和嚼舌的优化，而这两样，伊斯坦布尔都是世界级的。

因得了丝绸之路终点和亚欧陆桥的地理便利，这里自古不缺旅行家：失了盘缠的行脚在这里发呆想辙，头顶光圈的僧侣在这里祈祷真神，期待荣光的帝王在这里构思大国梦，克里斯蒂（阿加莎·克里斯蒂，英国著名女侦探小说家、剧作家）想必在这里的某个咖啡馆里为她的小说打过腹稿，马可·波罗前往中国或者梦见中国的时候无疑也在这里停留过，可能还洗了个土耳其浴犒劳自己，无数驼队的把头也一定在这里盘算过他们的行李包怎样才能讨个好价钱……其中，有些人因为这里的新奇货品发了洋财，用现在的话说，他们名副其实地走过了红海，找到了蓝海。最有名的生意当属贩卖茶叶和咖啡，当然他们的来来往往也带来了无数饭后饶舌的谈资，诞生了伟大的游记和旅行体小说，最早的国际新闻就这样掺和着骆驼粪和水烟的味道应运而生。

咖啡向东，红茶往西，而伊斯坦布尔人安之若素，依然故我。

树影下玲珑剔透的红茶，沉淀了多少的往事？土耳其伊斯坦布尔 2006年

因为伊斯坦布尔从来不缺好故事，这里的人更是变本加厉地喜欢闲扯，一边就着红茶或者咖啡。他们悠闲地看着来来往往的商队把红茶从东方贩来，又看着商队的人把咖啡买走。咖啡向东，红茶往西，而伊斯坦布尔人安之若素，依然故我。

要想亲近伊斯坦布尔的这两样发呆伴侣，则各有各的去处。就我的观点，喝土耳其红茶最好的地方不在人声鼎沸、游客云集的欧洲一侧，而在闹中取静，甚至有点冷落的亚洲一侧。渡过海峡大桥，在被称为“情人山”的小丘顶上有个露天茶座，这里山风凉爽，树木葱茏，有几分东方贤者隐逸竹林的气质，但是又可以俯瞰分隔欧亚的海峡美景，气韵开阔，大气从容，遥想当年商队行旅历经千难万险到达此地，一定是五味杂陈，欢欣鼓舞，说来此行的困苦一定更甚那玄奘西行的九九八十一难了。那些并非为佛法而来的商人，没有普度众生的宏图大愿做心理支柱，仍能历经困苦矢志不渝地来到此地，而且一再往返，可见金钱的力量不比佛法的庇佑来得软弱，也难怪现如今伊斯坦布尔大巴扎的门楣上仍然雕刻着一行清晰的小字：“真主厚爱生意人。”

捧着郁金香形的小玻璃杯，看着其中色彩鲜艳的红茶波澜不惊地散发着香气和热力，这等光景，可以开始发呆了。来吧，帕慕克（土耳其文坛巨擘，小说家）老兄，摆一段伊斯坦布尔的往事来听。

“在天空中冷空气跟热空气汇合的地方，必然会降下雨露；海洋里寒流和暖流交汇的地方会繁衍鱼类；人类多种文化碰撞，总是能产生出优秀的作家和优秀的作品。因此可以说，先有了伊斯坦布尔，然后才有了帕慕克的小说。”——莫言

土耳其从来不缺红茶、咖啡和好故事。土耳其伊斯坦布尔 2006年

伊斯坦布尔街头偶遇的表演少女。土耳其伊斯坦布尔 2006年

帕慕克的小说里，不消说是一定带了些咖啡的苦涩的，正是这味道丰富了他的作品。但是兴冲冲来到伊斯坦布尔的游客们，无疑是为这城市五味杂陈的风味而来，希望带着咖啡甜美的回甘而去。旅行就是这样让生活更有了味道。

伊斯坦布尔和咖啡的纠缠产生过很多故事，留下来供人慢品，回味无穷。

伊斯坦布尔最早的咖啡馆，没人能确切记得它的名字，但是咖啡学家定论它在1554年挂牌营业，那时这座城市还叫君士坦丁堡。因为店主们竞相吸引顾客，这些咖啡馆以豪华的装修为能事，显然在那个时候，店主们的目标客户是上层和雅士。不过他们的经营之道在那个时代竟招致杀身之祸！

风雅的咖啡馆渐渐成了社交和洽谈生意的场所，而后又顺理成章地变成政治辩论的中心，崇尚清谈的有识之士总是喜欢用优雅的背景增加自己言论的说服力，这情形如今亦然，无论是博得显贵的赞赏还是掳获淑女的芳心，环境造就语境，语境又增加意境，而意境又让环境增加了令人怀念的味道。事罢之后，那个环境于是摇身变成了“胜地”或者是“伤心地”，反正地方本身会被人们记住就是了。

咖啡喝着喝着就“喝高”了，咖啡馆里的话动不动就“说高”了。政见是有锋芒的，就像情话有时候是很伤人的，于是各个时期的政府都出台过禁止咖啡经营的政令，甚至曾经将咖啡的维护者缝进皮袋子里无情地投入博斯普鲁斯海峡！

不过到头来，人们又总是会将自己的小题大做、草菅人命和矫情视为笑柄——交税！给你个执照，老老实实卖你的酒水，管住嘴巴，挂个“莫谈国事”的条幅去！

咖啡馆终于合法了。

土耳其人冲调咖啡的办法是最原始的，但是至今这种方法在咖啡王国的“名人堂”里，仍然有一席之地，称为“土耳其咖啡”。土耳其咖啡的妙处在于功夫，将磨好的咖啡、糖和水依次加入一个带长柄的小铜罐里，极具沙漠部落的野趣。平均一罐要放两勺咖啡粉和两勺糖，煮沸以后将小铜罐从火头上拿开。如此重复三次，反复试炼，同时加入小豆蔻，这种工序造就了土耳其咖啡独特的风味和另外一个奇妙的魔法——咖啡算命。

因为加入了小豆蔻，土耳其咖啡有种类似石油的烈味，对此，饮客们莫衷一是。偏爱它的从中喝出了中东的味道，颇觉其地道，甚至将之引申为一名“敢爱敢恨”的女子；不喜欢的觉得这简直是受罪，而且还要不停地吐渣，简直麻烦死了！此言其实不虚，烈爱本就麻烦。对土耳其咖啡要么上瘾，要么罢饮，自然“敢爱敢恨”。

土耳其也有些的确魅惑的“魔法女”颇为擅长“咖啡算命”，这也来自杯底厚积咖啡渣的特殊形态，这种玩法在希腊也有，我在那里也曾经亲见。在土耳其，咖啡算命的程序是这样的：饮客首先要慢慢喝完咖啡，杯底细腻如沙的咖啡渣便显露出来，然后需将咖啡碟反扣在杯口，再连同杯碟一起倒置，摸摸杯底，还是温热的。好，继续聊天，比如问问要算什么，爱情或者婚姻？再摸摸杯底，还热？继续等，直到热情完全退去，现在可以理智地讨论问题了。拿去咖啡杯，谜底显露，魔女于是根据咖啡渣滴流和堆积的形态娓娓道来，“你恋爱了”或者“你的婚姻完蛋了”……

听过这话的人，或恍然大悟或黯然神伤，最后大抵都会觉得土耳其咖啡和爱情颇有神似：喝的时候让人激情澎湃，晕晕乎乎，全然顾不得回味，又像在凝神细想；喝完之后，待咖啡渣也冷了之后，反觉得这个过程和玩法倒很有趣，引人遐想。

仍然是帕慕克笔下的那座老城。土耳其伊斯坦布尔 2006年

EMEĞİM-1

土耳其有咖啡和红茶，不过船家出海之前，仍然要豪饮烈酒！土耳其安塔利亚 2006年

你的人生博物馆

每个人都该有自己的人生博物馆，不是吗？

在记忆中，在相册里，在衣柜的角落，在保险箱，在银行的储物盒里……杀手们则喜欢选择车站的寄物柜。世界上往往有这样奇怪或者可爱的角落，藏着某个人的秘密，装着他想为自己留下的东西——人生博物馆。你小时候从别人那儿赢过来的第一颗弹子球，或者是收到的第一束鲜花上的那条缎带……人们不会一直留着所有的零七碎八，但是有些东西任你再想留，却偏偏留它不住，真可惜——人生不能是博物馆。

不消说，人生最宝贵的藏品中，很多是来自旅行路上。

我不知道伦敦是不是世界上博物馆最多的城市，但是，在那儿度假的那个冬天里的一星期，印象里脚下一直踩着各家博物馆的大理石地砖，孜孜不倦。有些人生博物馆是黑暗的保险柜，打开它的密码，一不留神就被带进坟墓；而另外一些人的，是在阳光照耀下观赏效果更好的玻璃柜，或者干脆就是座花园。博物馆亦然，有的门票索要高价，有的完全免费。伦敦，有包括大英博物馆在内的众多博物馆，终年免费开放。

一度觉得，博物馆是旅行中最大的纠结，它让取舍变得很艰难。7天的旅行如果是人的一生，花去一整天仔细端详一座博物馆，就好比是花去15年的光阴待在同一间办公室，而且注定什么也带不走。值得吗？

后来，我发展出一套自己的理论，让自己能大方地挥霍旅行中宝贵的时光：在博物馆里，可以看到这个国家最美的时光，就好像你知道了另外一个人最珍爱的那段秘密回忆一样。而且，你会知道，在这个国家千百年历史的时光旅行中，最美的旅行纪念品是什么样

我们大多很少造访自己的内心，静静地梳理过往。因为我们一直认为，自己需要拥有更多。

大英博物馆的“大中庭”，每个来到这里的参观者都会在这里领到封面为雍正粉彩花鸟扁壶的导览地图。英国伦敦 2010年

子。比如我的那块罗塞塔石碑，它来自大英博物馆。法国人商博良用罗塞塔石碑破译了古老的埃及象形文，也解开了古埃及曾经湮没流失的历史。而我，则把大英博物馆当作自己的罗塞塔，重回遥远的唐宋明清。

从我这样想的那一刻开始，博物馆不再是旅行中的鸡肋。

我在伦敦的一周里，有5天是游走在大英博物馆的屋顶下，但是真正地欣赏它，仍然是在自家的电脑屏幕前。在那个奇妙的地方，盘桓的时间似乎永远不够。

大英博物馆共有100多个陈列室，面积近7万平方米，共藏有展品400多万件，展馆的展出线路长4千米。连续5天的进进出出，居然积累了超过20千米的“健身里程”！

人人都读过的历史教科书，从来都浓墨重彩地描写千古帝王如何开疆扩土地征伐，却永远没有足够的篇幅去细细描摹普通庶民如何兜兜转转地挣扎求生，又是如何通过那些体现在细微处却同样伟大的创造力，增加着朴素的生活之美。我来大英博物馆，就是为了看到这些，我相信，任何一家高水平的博物馆，它的功力也应该体现在如何讲述庶民的生活史。

大英博物馆有个大名鼎鼎的“大中庭”，那是发放免费展馆地图的地方，朴素的黑白地图封面上印着的是博物馆的至宝之一：来自中国的雍正粉彩花鸟扁壶。洋洋大观的博物馆有两处面积阔大的中国文物展区，这只粉彩扁壶栖身于二层（Level 2）的95号展厅——“大维德中国陶瓷馆（Sir Percival David Collection）”，展品编号是211。莹白细腻的胎体上，细细描绘了停留在盛开的牡丹枝头的一对鸟儿，那是两只头顶长着白色绒羽的白头翁，它们相视对望，婉转和鸣。色调温润的粉彩在洁白胎体的完美衬托下，吟诵出昆曲行腔般柔美的气韵。飞鸟绿色

两只长着白色绒羽的鸟儿，它们相视对望，婉转和鸣。色调温润的粉彩，在洁白胎体的完美衬托下，吟诵出昆曲行腔般柔美的气韵。英国伦敦 2010年

的羽毛根根清晰可辨，娇柔初绽的花瓣，仿佛在轻风的吹拂下随着娇小鸟儿的跃动也在轻轻摇晃着。粉彩瓷器点染技法所特有的凸凹质感，让鹅黄色的花蕊纤细的形体略微凸出胎体表面，逼真的立体质感，让人有种亲手触摸的冲动！

我和太太在博物馆宽敞的大窗前看着窗外，伦敦阴郁的天空中，正悠悠降落着稀薄雪花。我们轮流斟饮着自带的热茶，静静地看着瓶身上的春色和花鸟，盘算着，最近有哪对儿走运的家伙就要结婚？我们是否又能足够幸运地在景德镇或者潘家园找到一件像样的仿品，在他们的大喜之日，不无得意地送出这样一件贺礼呢？

大英博物馆的布展安排也同样充满着这种和观众款曲互通的妙趣。国内的收藏界历来有将金石、陶瓷、书画、文房等等器物分门别类讨论和陈设的格物精神，展馆的布设也经常是以此为圭臬。大英博物馆则是按照历史年代的时间线，把中国的历史浓缩于国宝的陈设之中，让人能够在游走于整个展厅的时候，不经意地沿着时光的脚步，走过上下五千年的中国文明史。商周的玉器和青铜器并列摆放着，让并非科班出身、受过专业考据训练的普通观众，也能轻易发现玉器与青铜器在器型、色彩上的承袭关系和相通之处；说唐代的邢州窑白瓷仿学西域传来

斗彩与粉彩长颈瓶（粉彩花鸟扁壶）：虽然具有圆扁瓶身、管状瓶颈和卷云形把手的月壶形制已经有若干世纪的历史，但是此壶的装饰风格仍然是清雍正年间（公元1723—1735年）的革新产物。此壶绘画装饰的细节十分出色，反映出这件瓷器属于宫廷供用和督造制品。英国伦敦 2010年

上：埃及馆是大英博物馆的招牌展览，但不是我的最爱。英国伦敦 2010年

下：我在伦敦的一周里，有5天是游走在大英博物馆的屋顶下，但是真正地欣赏它，仍然是在自家的电脑屏幕前。在那个奇妙的地方，盘桓的时间似乎永远不够。英国伦敦 2010年

的银器形制与色泽，放在一起来看，果然在时间和形体上都合乎逻辑。想了解元、明时期中国外销瓷器贸易是如何鼎盛？那瓷质细腻的胎体上不就清晰地描画着《古兰经》的经文和西方风味的“耶稣受难图”吗？一部鲜活的中西方陶瓷贸易史，正鲜活灵动地展现在明亮的聚光灯下。

大英博物馆数之不尽的国家宝藏中，有一件最容易被观众视而不见的小东西，反复出现在我的视野和回忆里。那不过是一张小小的绿色不干胶贴纸，一只小狮子的剪影。在那只著名的明宣德景泰蓝龙纹大盖罐旁边就贴着它。它的作用是这样的：一旦博物馆发生重大灾变，比如失火，消防队员在确认损失不可避免的紧要关头，会优先抢救这些贴着小狮子贴纸的重要文物。可以想象，这将是一件多么痛苦和纠结的选择！这是想要永远留住这些瑰宝的人们的祈祷，它隐隐透露出的人类价值判断，更是让人深深动容。

古代埃及人说：法老害怕时间，时间害怕金字塔。他们想通过营造巨大的金字塔，在世上留下自己的印记，但即便是建造了金字塔的古埃及人，也明白这不可改变的结局：时间最终会带走一切。在这个注定的结局面前，人类想要留住曾经拥有过的美好，只是一个那么苍白无助的梦想。即便我们已经拥有了最逼真的网络虚拟世界，我们仍然需要博物馆，需要那些咫尺之间真实存在的瑰宝，作为确认我们曾经创造的文明的见证。我们希望留住这一切，尽可能久一些地留住它们。曾经美貌如花的容颜最终会变成枯骨，我们留它不住；曾经再见倾城的爱情会变成传奇，我们留它不住；曾经横越四海的日不落王国会变成图书馆里的往事，谁也留它不住。只有这些不知名的匠人，他们创造的美丽，不需借着要社稷江山的口号，不需要惊世骇俗的传说，用它们朴素的质感，用它们的优雅曲线，传达着“直指人心”的灵魂震撼。

美，是唯一能突破语言与意识藩篱的力量；美，是最容易被人们铭记的传奇。

博物馆所能挽留的，不过是漫漫历史中曾经有过的至美瑰宝中寥若晨星的一小部分。很多人都了解这样一个事实：元朝画家黄公望和无用师和尚的作品《富春山居图》被称为中国十大传世名画之一。明朝末年，它传到收藏家吴洪裕手中。吴洪裕极为喜爱此画，甚至在临死前下令将此画焚烧殉葬，幸而吴洪裕的侄子在他离世时惊心动魄的刹那间，将《富春山居图》从火中抢救出，但此时画已被烧成一大一小两段。前段较小，称“剩山图”，现藏浙江省博物馆；后段画幅较长，称“无用师卷”，现藏台北故宫博物院。这决定性的惊人之举，也许可以让很多为国宝流失怅然的人看清一个简单的事实；一个民族的瑰宝不能留在生养它的那方水土固然可叹，但是作为整个人类的美好的集体记忆，它们能够和许多伟大文明的硕果共处一室，便是向世人无言地描摹着华夏文明的伟岸背影。它的存在，本身就是最大的意义。能为后人所见，能给纷扰嘈杂的世界留下美感的震撼，能继续用无言大美抚慰纠结动荡的心灵，才是国宝存在的终极意义。

大英博物馆的大维德中国陶瓷馆收藏的中国陶瓷，几乎囊括了中国陶瓷史上各个年代的作品，被公认为除台北故宫、北京故宫之外的第三大中国古瓷收藏地。英国伦敦 2010年

大英博物馆中国馆内景。英国伦敦 2010年

也许有那么一天，在某个不属于任何国家与意识形态的远海孤岛上会树立起一座伟大的“人类博物馆”；也许有那么一天，人们会最终学会将所有文明的至美宝藏归集在一处，合力保存和珍重它们的存在，让来自世界各个角落的人们飞来欣赏全人类共同的财富，不带来一丝种族分别，不带走一丝占有的贪欲。只为美而来，只为美而感动。

在每个人心中，也都应该有这样一座让自己能够为之自豪的“人生博物馆”。时光匆匆，永不停步，我们大多很少造访自己的内心，静静地梳理过往。因为忙碌，因为浮躁，甚至因为恐惧和不忍面对过去，更因为我们一直认为自己需要拥有更多。当你觉得拥有的一切不再能够让自己觉得快乐和满足的时候，检视一下博物馆里小射灯下静静地躺着的古老残片，也许能帮助我们领会是什么使你成为真正的你。真正值得留下并为之自豪的，又究竟是什么。

希腊式简慢生活

去每个国家，接触不同的人，都是难得的“神疗”，他们身上有很多中国人没有的气质值得了解。比如希腊男人，他们淡定、从容，他们的生活简单、舒缓，不争先、不恐后，从从容容，但是讨论起哲学和艺术来往往滔滔不绝，很有崇尚清谈的魏晋之风。

中国人拥有的最多的是危机感，最缺的是安全感，而希腊人的淡定气质，对中国人来说真是可“欲”不可求。一个希腊人曾经一脸认真地说，我们的性格就是这样，要留足时间享受生活，就像希腊著名的左尔巴舞蹈的节奏，很多事情办起来都是先慢后快，往往是在期限到来前才疯狂赶工，甚至是最后一分钟才搞定的，就连我们办奥运会也是这样的，不过最后结果是好的……

希腊式的“简慢生活”其实有着悠久的历史渊源。

古希腊人生活在极其简单的环境中，把家务减低到尽可能的少，因为他们懂得闲逸的价值，要腾出时间来享受生活，进行文学和艺术的鉴赏。他们的家非常朴素，甚至连富裕的贵族也终生住在没有装饰的土坯房子里，全不似目前的我们，家家都在为把自己家变成五星级宾馆而奋斗。古希腊人的用餐也极其简单，似乎认为饮食是一件无可避免的坏事，会给人带来疾患，不像娱乐既能消磨时光又能消愁解闷。过分地追求物质生活会使得精神生活很贫乏。其实，古希腊人之所以过着如此简慢的生活，是因为他们想使自己的身心“自由”，他们更注重精神的享受。

希腊人的一天是这样的：上午工作一会，下午小睡一会儿，晚上狂欢一夜。现在的希腊人仍然保持着他们的生活哲学：美食、狂欢、少工作。

希腊人的生活方式看似懒惰，但是潜藏着对生命价值的尊重和体会生活之美的专注。

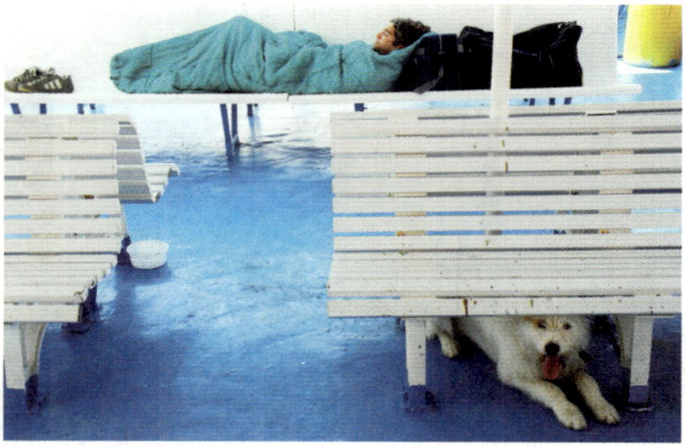

一起去旅行。希腊爱琴海上 2007年

希腊人大大方方地排斥工作，看似懒惰，但是潜藏着对生命价值的尊重和体会生活之美的专注。

世界最长寿的民族是日本，因为日本有发达的经济实力，人们享受着顶级的医疗保障，这是顺理成章的事情。第二名是希腊人。这初看似乎有点匪夷所思，因为希腊的国民收入在欧洲几乎垫底，公共医疗一向乏善可陈，希腊的吸烟人数还是欧洲第二。

说到希腊人的长寿秘诀，很多人都认为来自其悠久深厚的文化和充满哲思的生活态度：人生最重要的事情，是享受生活。希腊人用在享乐上的时间和精力往往比工作多。

一位网友在给我博客的留言中这样说：“世界上只有两类人，希腊人和想成为希腊人的人。”的确有点意思，不过真正能过上希腊式“简慢生活”的，恐怕只有活出通达之风的希腊人。

在地中海国家的餐桌上，几乎少不了一瓶色泽青绿的特级橄榄油。人们将橄榄油入菜，做色拉酱汁，吃面包抹橄榄油，用橄榄油烘焙糕点，甚至吃柳橙都得加点糖，加匙橄榄油才觉美味。无怪乎《橄榄》一书作者Rosenblum形容：“每个地中海文化都曾浸淫在橄榄的丰饶生命中。”

希腊人崇尚的是地中海“轻”食，以蔬菜、水果、鱼类、五谷杂粮、豆类和橄榄油为主。这些元素不但符合“高纤、高维生素、低脂”的健康风潮，很多研究报告更证实地中海饮食可以降低患上许多疾病的风险。

在希腊旅行，最让人羡慕也带给我们最多不便的是希腊式的作息时间，好在希腊很

上：懒也要懒得气场强大、架势十足。希腊圣特里尼岛 2007年

下：凭我60年的捕鱼经验，这条绝对是从意大利游来的。希腊圣特里尼岛 2007年

听我唱一首希腊民歌，告诉我你的家乡在哪儿。希腊雅典 2007年

雅典学院的悠悠古风，仍然留存在希腊人的门环上。希腊米科诺斯岛 2007年

多城镇都以旅游为业，对旅行者的需求还是有比较人性化的关照。

希腊上班族的生活一般是这样的：早上起床后通常要花上一两个小时打理自己，把自己弄得光鲜亮丽，很多希腊男人喜欢把小头梳得溜光水滑，弄得苍蝇站上面都会劈叉，而且他们的老婆或者老妈会给他们弄份清新健康的希腊式早餐：一小杯希腊咖啡，配上面包或者饼干。这种咖啡通常是用带柄的茶杯大小的小铜锅反复熬煮三次得来的，完全不似意大利的蒸馏咖啡，更不像雀巢的速溶咖啡，杯底会有相当厚的细粉状咖啡渣。

早餐过后，希腊人大约在上午8时左右出门上班，大约9时前后到达工作场所。上班后的第一件事，仍然是喝Frappe，也就是希腊咖啡。公司附近的咖啡店多有外卖服务，穿着白衬衫的服务生会用一种吊盘把咖啡和小点心送到办公室。喝上咖啡以后，通常会和同事聊上一会儿，多半是体育比赛、政治事件、感情生活和因为奥运会而疯狂上涨的物价等等，聊着聊着郁闷了，加上他们前晚狂欢带来的睡眠不足，于是再来一个Frappe。

希腊没有午餐时间的严格规定，上午的办公时间通常会持续到下午2时，然后，他们就离开办公室，回家了。

对旅行者而言，你需要对这种生活规律有所了解，因为餐厅也可能下班，不过从我们的体验来看，希腊人还比较勤快，至少在旅游城市，你下午两三点想吃饭还是有辙的，至少一些和善的大妈开设的“希腊厨房”还是保持营业和微笑的。但是如果换成和希腊一衣带水的意大利，特别是在北部工业城市比如米兰等地方，你在这个时候走进餐厅，听到的问候很可能是“Finito！（Finished！）”也就是“我们打烊了！”

希腊人从公司离开以后常常是回家吃饭，这是他们的习惯使然，也是他们和意大利人一样喜欢和老妈住在一起的原因之一。老妈的手艺永远让这些南欧男人怀念，他们长不大的心态与希腊餐厅晚餐时间通常要到晚上9时以后才开始的惯例也交互助长着这种生活方式的延续。

这个惯例也使我们受益，从希腊回来以后，我们发现以前6时下班，7时半以后到家，匆匆忙忙对付一顿晚餐的方式（面对北京的交通系统、紧张的节奏和巨无霸的城市规模，这实在是没有办法的事）实在对不住自己，所以在还有精力的时候，我们会提议来个“希腊式晚餐”：先来点轻食，然后去认真买菜做饭，按照希腊的作息时间晚上10时吃大餐。

他们的老妈通常会弄好这样一桌午餐等着：拌着橄榄油和柠檬或者块状山羊奶酪的沙拉（Lathera）、土耳其炒面（做法有点类似意粉，不过形状类似米粒，配上蔬菜和烤肉、鱼等等），有时会来上几片面包，而且会在大中午也喝上点酒，不过通常是一两杯葡萄酒之类。

酒精的作用，加上希腊阳光灿烂的天气带来的高温使人昏昏欲睡，所以他们大大方方地午睡了，这在中国是不可思议的“懒惰”，而在日本，则被认为是不勤快的家庭主妇的专利。

希腊的办公室文员之类的“室内工作者”，通常是工作到下午两点就彻底下班了，如果在超市等服务业场所工作，周一、周三和周六也是只上半天班，下午可以尽情午睡，周二、周四和周五需要在下午五点回去上班，工作到晚上八九点。

午睡醒来后，希腊人当然还是要喝杯咖啡，这时可能已经是晚上7时了！大约在晚上八九点，希腊人开始打电话给朋友们，讨论一会儿去哪里喝酒吃晚饭。

晚上10时，他们会来到最爱的餐厅，这个时候餐厅才刚刚开市。他们会不慌不忙地点个开胃菜，喝点酒，因为希腊人经常迟到，大约11时朋友们才会到齐。

见到朋友之后，希腊人会一一起身拥抱，亲吻脸颊，继续点菜，然后开始谈论生活、八卦、政治等等，欧洲人对聊天的热爱真是让我们望尘莫及。

菜要到晚上12时才上来，他们好像很少因为菜上得慢而投诉侍者，大家大快朵颐之后时间已经到了半夜，如果第二天还要工作，希腊人会相互道别，但是如果第二天老板不在，或者不忙，又或者参加聚会的是精力旺盛的年轻人，他们就会离开餐馆，到希腊各个城镇都有的夜总会狂欢。

希腊夜总会的高峰时间是凌晨一两点，大家陆续抵达，女孩子们会在凌晨3时左右嗨到高点，她们开始在桌子上跳舞，香烟的味道使大家开始体会到窒息的快感，每个人都在微醉中亲密无间。你经常可以在同一家夜总会看到17岁的小伙子和70岁的老顽童，因为希腊的夜总会没有年龄限制。最疯狂的聚会爱好者会一直搞到第二天早上8时。

他们可能会到餐厅买一种传统的杂碎汤安抚肠胃和解酒，然后继续靠咖啡撑过接下来的一天，希望能在12时入睡，不过，如果又有朋友邀请你参加派对，一个全新的令人精疲力竭、无比兴奋的循环马上开始！

成为希腊风景的一部分，你做得到么？希腊米科诺斯岛 2007年

早餐简单，但是绝对希腊。希腊米科诺斯岛 2007年

他们也觉得很疲累，但是他们认为这才是生活，只有这样才能充分体会生活的快感！在西方很多大报上都有讣告版，但是《纽约时报》的讣告版编辑曾经这样说："在古希腊，人们不写讣告，他们只在葬礼上问逝者的亲友，他生前可有激情？"和《缘分天注定》中引的那句一样。

絮语

我们都需要一个小小瞬间，让自己的平淡时光显得更值得被回忆一些。

灵魂出窍的旅行者

我听过一个传说，当人们离开家出门旅行的时候，你的灵魂要比身体移动得更慢些。当你在3万英尺的高空里飞行的时候，你的灵魂可能还留在机场的安检通道，尤其当你进行一场跨越大洲的旅行时，你的灵魂可能要过上整整24个小时，才能气喘吁吁地赶上你那乘着咆哮的喷气机飞走的身体。无数个普通的星期一早上，你的身体在办公室里不耐烦地浏览着邮件的时候，灵魂可能还没离开家里温暖、柔软的枕头。

这就是为什么那些在机场拉客的无良出租车司机，总喜欢找那些一看便知是远游的人，因为对付一个灵魂出窍的外地躯壳，总比糊弄一个身心协调、心智活跃的本地活人来得顺手一些。

但也正是因为这种“魂不守舍”，身体和心灵才更能放开彼此的桎梏，体验到真正属于自己的、最真实的存在和活跃。

我就很喜欢这种灵魂出窍的状态，比如我会在飞机上看一些平时根本不会有兴趣去看的书，如《通俗天文学》或者《鲸与海豚》，会发现南半球的天空里代替北斗七星地位的是南十字星座，座头鲸这个名字原来的意思是“卖唱人的琵琶”，因为它在墨色一般的深海里鸣叫的时候歌声悠扬，所以让日本人联想到了沿街卖唱的流浪艺人“座头市”……

自顾自地乱想，这么说当然是合情合理，不过我相信自己的脑子需要这样的游戏。如果你只用脑子来核对现金流量表或者销售业绩报告单，那一堆白色的蛋白质和神经纤维也不会愿意吧？即便是硅片和电缆组合成的电脑，偶尔也会需要清理一下回收站，装几个游戏软件不是吗？一成不变，永远正经八百的思想，当然会让你的脑子觉得不公平。

为了等待我的魂儿再次找到方向，我再一次开始漫无目的地瞎想和同样漫无目的地乱走。

出窍灵魂招领处。 挪威奥斯陆 2006年

我在罗马的夜里迷过路，凸起的砾石是罗马引以为傲的地砖。罗马人喜欢它们的“历史感”，不过它们也磨得我的双脚有点儿像饱经历史沧桑的“古迹”，沉重的背包压得我两肩留下血印，喉咙干燥得像随风翻滚在街道边的垃圾袋，瑟瑟有声。警察的热情我很感激，但是他指路时候说的意大利文我是半句也听不懂，也许他说的是英文？当时连这我都没有十足的把握，然后不得不对自己说：“显然，我的魂儿还没有赶过来！”

“如果时光旅行者乘着时间旅行机飞到角斗场上仍然喊杀声震天的古代，他靠什么来指路呢？那时候Lonely Planet和Google Earth当然都是派不上用场的喽？”

信不信由你。那个时候忽然冒出来的这个念头，虽然听起来很像是低血糖外加经济舱综合征一起发作的结果，不过确实在一瞬间让我发热、胀痛的双脚感到一丝清凉，让双肩上那两只印着“探路者”商标的黑色秃鹫停止了撕咬我的血肉，让我停下了脚步，让我那个在罗马夜色里四处张望、寻找着空空的躯壳的灵魂，一下子找到了我那个在马路牙子上晃晃悠悠的肉身，仿佛心脏起搏器的电流击中了胸膛，我微微战栗地猛吸了一口算不上清爽的罗马街头的晚风，耳边传来汽车喇叭疯狂的嘶叫——那辆载重半吨的垃圾卡车，呼啸着从距离我的鼻尖三又二分之一英寸的地方来了个极度灵活的右转弯！

司机肯定是又在骂娘，好在他用的是帕瓦罗蒂大师唱歌剧和巴兰钦大师教芭蕾舞的时候会用到的美妙的意大利语我完全听不懂，只是歪着脖子，像个地道的脑残做的那样，对着远去的垃圾车和罗马空洞的夜空大喊：

“谢——谢——啊——”

我灵魂出窍的胡思乱想，再一次救了我的小命。

在蒲甘的某个下午，我的精神状况和意大利的那个晚上大体相仿，其实从我还在伊洛瓦底江的渡轮上漂流的时候就已经开始为蒲甘感到眩晕，这个城市虽然是我来缅甸旅行的原因，但是它拥有4 000多座寺庙这个简单的事实的确对我形成了无形的巨大压力，直到现在，我仍然为如何开始向人们讲述自己在蒲甘的旅行体会而感到紧张莫名，不知道如何开始。那个下午，我更是不知道如何开始翻阅这本过于厚重的“雕刻在石头山的史书”。

为了等待我的魂儿再次找到方向，我再一次开始漫无目的地瞎想和同样漫无目的地乱走。

我知道我又在等自己的灵魂跟上来，但是这时候又有一个问题冒了出来。我看见两个扮相非常正点的小和尚出现在相貌同样非常标准的大金塔下面，光线也非常标准，整个场景金光灿烂，简直就是一张标准的缅甸旅游明信片。我当然跑过去拍了照片，如我所愿，一切都是我脑海里期待的那个样子。但问题是，这两个小和尚在我给他们拍照的时候互相低语着什么，接着他们调整了表情，非常标准的和尚的表情，不苟言笑的，有几分佛教徒的庄严，有几分忧郁。然后，他们管我要了钱，钱不多，我们也愿意给，但是我脑子里冒出了一个念头，我突然注意到他们身上的袈裟，觉得在任何一个裁缝店里，花不多的钱就能买到这样的绛红色布料。我不可抑制地想到，他们也许不是什么真的小和尚，而只是扮装的“旅游演员”，就像你会在突尼斯的岩洞民居里见到的沙漠居民，在罗马的角斗场外见到的古罗马角斗士一样。我突然感到有点儿沮丧。

我知道这一切无可厚非，我也愿意帮助这些人用自己的方式和自己的劳动养家糊口，我更愿意支持这些人用这种方式留住自己文化的一鳞半爪。但是，我还是觉得哪里不对劲儿。

我们对现实的不满其实不一定是现实真的有什么问题，而可能是我们自己哪里出了问题，或者我们对自己哪里不满意。而且，我们不愿面对。

是我们自己希望见到的一切都如自己想象的那样清风明月，一切都像我们期待的那样上演，正是因为有像我一样期待着的旅行者，才会有世界各个角落的“旅游表演”。我们有需求，他们有供给，公平交易。

我们不愿面对的事实是：美的，未必是真实；真实的，未必很美。

她不是在发呆，而是真的睡着了。印度阿格拉 2004年

你灵魂所看到的一切都是深深浅浅的蓝。
德国德累斯顿 2005年

我想我的灵魂终于跟了上来，但是太阳也快落山，伊洛瓦底江的阵阵清波，此刻正在我耳边发出一声浅笑。

远处传来的阵阵呼喊声吸引我注意的时候，太阳正意兴阑珊地走向地平线，照耀佛塔的金光正渐渐退去，佛塔上缺损的砖块和倾颓的塔尖正慢慢变成暗淡的铅灰色。吸引我们注意的喊声来自一座破旧佛塔边的垃圾场。当地人把垃圾场稍微平整了一下，拉起个网子，郑重其事地打起了排球。旁边观战的，除了我们还有几个半蹲着的当地人和几条半睡眠状态的土狗。

在这个灰头土脸的角落，在这个太阳粉饰着平原的金光已经完全退去的时刻，我想我看到了自己想要的真实。一群缅甸村民郑重地打发着他们的时光，庄重地对待着这一场无足轻重的比赛，只因为这平淡得不能再平淡的一刻，也是他们生命里永不重来的一部分。

我迢迢万里的旅行和他们在家门口垃圾堆上的排球赛，真的有所不同吗？还是我们都需要一个小小瞬间，让自己的平淡时光显得更值得被回忆一些？让匆匆逝去的分分秒秒，在感觉上稍微留下了一点印记？

所以，我一如既往地拍下照片。这一刻，快门开合的声音，是那么的酷似时钟的嘀嗒——只不过更响亮，更惊心。

那个在贫穷森林里像九色鹿一样炫目的满足而振作的微笑，那个在忧郁海洋里像逆戟鲸一样欢快地跳出水面的永不低头的灵魂，让我们的内心感到无比欣慰。如果只看到贫困而忧郁的现实，我们内心的平衡感同样会让人强烈地感觉到自己的自私和阿Q，但是那些本可以有理由不快乐的人，却顽强地独自制造着快乐。是那些人真正让我们感到了快慰，感到还有那么一些比我们更强大的灵魂在和我们一起挣扎，尽管他们可能有比我们更长、更辛苦的路要走。

这不是灵魂出窍的幻觉，房梁上确是有只白熊，不过这只是白熊的躯壳，灵魂去哪儿了？挪威峡湾某处 2006年

在旅途中，会经历怎样的擦肩而过？丹麦哥本哈根 2006年

复活的古罗马军团又睡着了。约旦杰拉什 2006年

路上的音乐

对我来说，路上的音乐是酒的颜色，是雨的声音，是风的触觉。路上的音乐不可或缺，就像上路的冲动和归来后敲击键盘的动作，它是生命本身，是存在的意义。

如果你问我什么样的音乐我喜欢带去路上听，就好像问我为什么去旅行一样，是个好问题，一言难尽。

其实，路上的意义不只是面对巴容庙微笑的佛像和金阁寺脚下池塘里的倒影，或者倾听亚得里亚海的涛声。从路的一头到另一头，颠沛的旅程对我来说并不是无意义的留白。机舱里昏黄的射灯下，或者渡船上狭小的甲板舱，更能帮我找到通往内心深处的门径。与另一个自己不期而遇，看清自己心灵深处的挣扎与跋涉，这样的瞬间与场所怎可没有音乐响起？

母亲曾经不止一次对我讲起，我小时候懵懂未开时，她眼睛里我的小小天才与禀赋。当我还是个婴儿的时候，她如果想出门办事或者静心写作时，就会把我放进那种有四个胶皮轱辘和竹质框架的婴儿车里，打开古旧的包裹在牛皮套子里的收音机，转到音乐电台，我便会马上表现得安宁而幸福，闪烁双眼，聆听微笑。

渐渐长大的我从来不满足现实的世界，从叛逆的青春少年时代起，我就学会了挑选那些与心情合衬的音乐来改变自己的举止，抄写500遍什么的，对我从来不曾是令人焦躁的折磨和挑战，因为其间的时光正好用来听完一张唱片。对此，我的父母也从来不加制止。大约在他们看来，结果和目标是一定要达到、要实现的，但是对一个孩子来说，又有什么是比享受过程更难得的教诲？

所以，今天的我仍然享受着在路上的时光。

我甜蜜的音乐天使是盛夏的奥卡万戈河三角洲，是七月的潘普洛纳奔牛节，是波利尼西亚的蹈火者。

有些音乐特别适合在长途客车上来听，因为它能描摹出纤毫毕现的“旅途感”。津巴布韦不知名的路口 2009年

路上的音乐一定要听出遥远的味道，一定应该能混合着遍野苜蓿草的香味和大海的气息，唤起被城市尘封的渴望和灵感。一定能让你正在迢迢万里奔赴的地方以音响的方式提前来到你的面前，像一个有翅膀的天使，飞进你所在的机舱，在身边找到个空位稍作停留，和你片刻倾谈，或者梳理一下被窗外夜雨打湿的白色羽毛。

她也可能用另一个语系的腔调述说着遥远南半球的故事。让一程尚未走完，下一程的向往就已经开始，你会在非洲大陆的上空，虚构着自己在安第斯山麓的奇遇。

我甜蜜的音乐天使是盛夏的奥卡万戈河三角洲，是七月的潘普罗那奔牛节，是波利尼西亚的蹈火者。从不曾见过面，却魂牵梦萦。

几个月前的津巴布韦，我在一辆轮胎花纹已经磨平的小客车上驰过片片荒原，绿叶落尽的刺槐树像极了赞比西河枝杈丛生的支流，举着空空的双手向天空祈求雨水，徒劳地向上、向上，大路仿佛永无尽头，不停地向前、向前。红色的烟尘四起，没有跳羚蹿过路面，雀影也无。

暴烈的阳光下我蜷缩着身子躲在稀少可怜的一点点阴影下，耳边不知几百上千遍地聆听着Antonio Pinto为电影《霍乱时期的爱情》所写的音乐。如果没有它，这次旅行可能是一部彻头彻尾的悲剧。因为它，这出彻底的悲剧电影，像一次刻骨铭心的旅行一般，值得用一生等待。

话题扯得太远了些，现在来回答这个好问题。路上的音乐应该是这样的音乐：它能混合着节奏轻柔的“旅途感”，牵扯着深深的“异域感”；它淡定得只剩下令人难忘的“朴素

非洲大陆的夕阳和非洲音乐一样热情奔放。津巴布韦不知名的路上 2009年

上：孩子的微笑，一个国家最珍贵的财富。津巴布韦哈拉雷 2009年

下：Show time就算很精彩，可人生漫长，生活质量如何，还要看在后台努力的时候，能不能泰然自处、不动不摇。津巴布韦哈拉雷 2009年

夕阳拉长了孩子的身影，也晕染了她轻轻哼唱的歌声。津巴布韦某处 2009年

感”，充盈着“画面感”；它用“谦卑感”唤起旅人内心的灵感；它让你可以伴着它随风飘向远方，从容地写下内心片刻即逝的念头。若干年后，当你再听到这熟悉的旋律时，灵魂便会再一次即刻出发。

路上的时光，是一张你可以选择拍摄角度的照片；路上的时光，是一段你可以更改情节的剧本；路上的时光，是一座你可以添砖加瓦的庭园，是你最后可以稍作隐遁的“片刻桃源”。你的第一笔，往往是从耳边那段你最爱的旋律开始。

跋

旅行，修行

旅行的时候，我经常意识到自己平素活得是多么的不完整。

宿雾的码头，性感的柴油味与海的味道，沉重的背包压住肩膀，天空阴沉，大片乌云线条柔和，心情平静。但同时也让人充满期待而不由得兴奋莫名。海面上飘过的是，阴沉天气里像大提琴一样微微忧郁的稀少浮云，如若不然，则太轻快而失去了悠远的调子。

大海，和与大海朝夕相处的老旧船只的气味，像熟络又配合默契的一对乐团搭档。如果没有暴烈狂放的海浪，强悍粗粝的机器也不会在这里与它纠缠、厮守；如果不是窃窃私语又绵绵不休的海浪，时间那无法抗拒的入骨侵袭，便不会深刻地写进每一个锈迹斑斑的柴油引擎。海与船，它们相互成就又相互折磨的关系，意外惊醒了那些平素被我淡忘的感官。

好像只有在这种时候，在那些我叫不上名字的海湾边上，我才会突然意识到，鼻子原本是用来嗅闻各种或刺激或清淡的气息的，包括柴油味或者紫薇花香，而不是用来托住眼镜的；耳朵原本是用来不加选择和逃避地聆听各种或美妙或嘈杂的声音，而不是用来夹住那个胆小、遁世的耳机的；除了像不停敲击无人应答的门环一样反复徒劳地敲击键盘，写出一些用来喂饱碎纸机的东西之外，手指还可以用来握住一张即刻启程的，容不得人举棋不定的船票。

那么，不在旅行的大多数时间里，我们那些感官的存在有什么意义？

这种“感官幽闭症”发作得最厉害的处所恐怕是北京的地铁，那个地方时常会发生令我倒吸一口凉气的场面。地下隧道的与世隔绝阴森冰冷让乘客内心的挣扎苦闷无所遁形。

挂在门钩上的伞，提醒着你，下一站该会是什么天气？菲律宾 2010年

我经常看到皮鞋光可鉴人，围着品位可圈可点的羊绒围巾，眼神却丝毫没有鲜活之气的男人，把自己沉浸在PSP的血腥搏杀之中。在我还是个男孩的那个时代，在我的印象里，像这般年纪的男人多半长着堂堂正正的国字脸，肤色也是地地道道的古铜色，他们出没在滚圆肥胖、漆成红白两色但是多半已经褪色的缓慢公交车里，嘴边谈的话题也多半是堂堂正正的“国家大事”，谈的方式也是大大方方，和今天常见的窸窸窣窣的对谈大大不同，就好像那些大事真的会因为他们的交谈改变一丝一毫。他们堂堂正正地给老年人和孕妇让座的那副样子，现在回忆起来更加显得有点儿不真实。那个年代，好像连小孩子对游戏都不热衷，有什么比游戏更吸引孩子的事情每天在发生着？我不记得了，也许那个时候人们有底气去玩“生活”这场游戏吧？

我记得那个时候我自己的感官也可谓相当活跃，夏天会闻到雨后土壤和青草发出的阵阵气息，仿佛是能够通过气管摄取活力的浓汤一样，令人躁动不安，又无比安然。那时候的我，曾经用草编的菜篮把两只雪白的兔子带到暑假里长满荒草的学校操场上，放它们自由地去啃青草，自己则跷起双脚，头枕着胳膊仰天躺在草丛中，看巧云翻卷，让蚂蚱跳上胸膛……现在，似乎永难再找到这种感觉。唯独在看苏联的老电影的时候，不禁会越俎代庖地替今日俄罗斯那些经历过那个年代的人想想：那个时候，苏联真的像一部润滑良好、操作规程完善的机器一样吗？仿佛一切都按部就班，每个人都各就其位，安心地享受生活，仿佛飞行员有一条舒服的安全带。即便是“苏维埃功勋艺术家”们的想象，他们至少还能这样想象，此刻中国“艺术家”们想象的或者说他们想象中观众们愿意看到的，却都是妻子背叛丈

S.S. HYÖKY
HELSIN

大海和与她朝夕相处的老旧船只的气味，像熟络又配合默契的一对乐团搭档。芬兰赫尔辛基 2006年

上：每天都是一次新的旅行，每一个和我们走过一段的人都值得感激。希腊雅典 2007年

下：遇见那个你最想成为的自己，那个你，卸下了在都市丛林里背负的重重铠甲，活力蓬勃，宛若新生。印度科伐兰海滩 2008年

夫、凶手愚弄警察的情节。那个时代我还是个孩子，所以不知道长辈是否也有这样的感觉。只知道，夏天的荒草还在某个地方尽情生长，却不再知道那里是哪里。

从这里到那里，真的好远。

旅行和修行，本是一回事。

我不信教，或者说我明白信仰、心灵的修持和形式上的教条完全是两回事。我看到，宗教对人心的抚慰会会心微笑。比如那次我在梵蒂冈看到教皇保罗二世在圣诞节的清晨为广场上成千上万的信徒做弥撒，那时我想起他曾经说："人生就像吃一罐沙丁鱼罐头，那是我最大的乐趣。"那个神情，像极了阿甘傻愣愣地对着镜头说："我妈妈告诉我，人生就像一盒巧克力……"

每次看到五台山、雍和宫或者少林寺里张狂的香火，手腕上戴着夸张、昂贵的大串佛珠的中年男人在庙里的表情，我都会想，他们相信某种宗教，但是他们的灵魂还没有准备好去相信生命中那些无形的真正美好的东西，他们甚至没有检视过，自己的躯体里还有没有灵魂。

他们的宗教，就像电影院的门票。当他们需要"佛祖"保佑或者请求他原谅他们生活中的一些"罪孽"时，就会花上一些小钱，向庙里的泥胎偶像申请些什么，就好像他们需要被巨型音响和巨型怪物震撼一下的时候，就买票进场看个电影一样。寺庙里的满天神佛，对他们来说就像扑克牌里的大小王、梅花A、方片K一样，不过是功效不同、大能管小的诸级官员，不苟言笑地等着他们一个个地"打点"。就如同牌桌上，掌握着更多大小王和A的人，当然有更多的机会赢钱。说这就是他们的"游戏人生"，也未尝不可。

这样的游戏每天进行。时间一长，人们便成了今天这副样子。他们能轻易地相信恶与丑的存在，也更轻易地质疑善与美的可能。尽管同样渴望，但是却不敢尝试寻找那个更好的自己。时间一长，他们便成了空空的躯壳，失去了自己，失去了灵魂。

旅行的好处在于，有那么几天，你的人际关系被简化到极致。附近没有什么人认识你，不论你过去做过什么，经历过什么，也不管你曾经是怎样的人，一切都可以在上路的瞬间重新开始。你是清白的，你是陌生的，所以你也可以是完美的，可以恣意地扮演你喜欢的那个自己。有很多人喜欢去西藏、尼泊尔或者佛教盛行的缅甸，喜欢那里的原因除了佛塔和雪山，当然也有人们无尘的微笑和明亮

旅途细小片段的美妙，总能让你看到那个定格的瞬间，宛若新生。如果你觉得生活失去了色彩，枯燥磨损了真心，请上路，找它回来。希腊爱琴海上 2007年

的眼眸。那些比美景更不可或缺，比阳光晒亮皮肤的感觉更销魂，比山谷里回响的学童们甜梦般的笑声更令人难忘。这些瞬间，能让人明白究竟是什么能让躯壳深处那个沉睡的“自己”最最快乐。是清晨第一缕带着草香味的微风，是瞬间闪过车窗外那个赤脚的小孩挥舞的双手，是船舷边跳起的灰色海豚模糊的身影，更是给那个流着鼻涕的小孩送出彩色铅笔的时候，觉得自己还不错的那个瞬间。

我说过，旅行能帮助你遇到那个更好的自己。

好的旅行应该是孤独的，孤独的旅行能让人有更多的机会单独面对自己，向更远的远方，也向自己内心的更深处出发。总有一天，你会在不经意之间，在印度街角那个门口站着白牛的小吃店，或者在约旦深谷里那个赶着山羊的老妇面前，遇见那个你最想成为的自己。那个你，卸下了在都市丛林里背负的重重铠甲，活力蓬勃，宛若新生。

旅行，修行，都是找自己，都是向内心深处的远游。即刻上路，寻找那个更可爱的，或者曾经是那么可爱过的你，便是神迹一般的勇敢。